盛夏花開

Summer Flowers

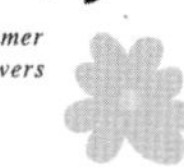

她終於明白，
原來他的守候是為了待到盛夏，日暖花開。

煙波——著

出·版·緣·起

三百六十度全媒體出版

城邦原創創辦人　何飛鵬

當數位變革浪潮風起雲湧之際，做爲一個紙本出版人，我就開始預想會不會有數位原生內容出版社出現？如果會的話，數位原生出版會以什麼樣貌出現？而我又將如何面對這種數位原生出版行爲？

就在這個時候，我看到了大陸的起點網，這個線上創作平台，聚集了無數的寫手，形成數量龐大的創作內容，無數的素人作家在此找到了夢許之地，也成就了一個創作與閱讀的交流平台，而手機付費閱讀的習慣養成，更讓起點網成爲全世界獨一無二、有生意模式的創作閱讀平台。

基於這樣的想像，我們決定在繁體中文世界打造另一個線上創作平台，這就是POPO原創網誕生的背景。

做爲一個後進者，再加上我們源自紙本出版工作者，因此我們在POPO上增加了許多的新功能，除了必備的創作機制之外，專業編輯的協助必不可少，因此我們保留了實體出版的編輯角色，讓有心成爲專業作家的人，能夠得到編輯的協助，我們會觀察寫作者的內容、進度，選擇有潛力的創作者，給予意見，並在正式收費出版之前，進行最終的包裝，並適當的加入行銷概念，讓讀者能快速認識作者與作品。

這就是ＰＯＰＯ原創平台，一個集全素人創作、編輯、公開發行、閱讀、收費與互動的一條能全數位的價值鏈。

經過這些年的實驗之後，ＰＯＰＯ已成功的培養出一些線上原創作者，也擁有部分對新生事物好奇的讀者，不過我們也看到其中的不足—我們並未提供紙本出版服務。眞實世界中，仍有許多作家用紙寫作，還有更多讀者習慣紙本閱讀，如果我們只提供線上服務，似乎仍有缺憾。

爲此我們決定拼上最後一塊全媒體出版的拼圖，爲創作者再提供紙本出版的服務，讓所有在線上創作的作家、作品，有機會用紙本媒介與讀者溝通，這是ＰＯＰＯ原創紙本出版品的由來。

如果說線上創作是無門檻的出版行爲，而紙本則有門檻的限制，線上世界寫作只要有心，就能上網、就可露出，就有人會閱讀，沒有印刷成本的門檻限制。可是回到紙本，門檻限制依舊在。因此，我們會針對ＰＯＰＯ原創網上適合紙本出版的作品，提供紙本出版的服務，我們無法讓所有線上作品都有線下紙本出版品，但我們開啓一種可能，也讓ＰＯＰＯ原創網完成了「三百六十度全媒體出版」的完整產業及閱讀鏈。

不過我們的紙本出版服務，與線下出版社仍有不同，我們提供了不同規格的紙本出版服務：（一）符合紙本出版規格的大眾出版品，門檻在三千本以上。（二）印刷規格在五百到二千本之間的試驗型出版品。（三）五百本以下，少量的限量出版品。

我們的宗旨是：「替作者圓夢，替讀者服務」，在作者與讀者之間搭起一座無障礙橋梁。

我們的信念是：「一日出版人，終生出版人」、「內容永有、書本不死、只是轉型、只是改變」。

我們更相信：知識是改變一個人、一個組織、一個社會、一個國家的起點。讓想像實現、讓創意露出、讓經驗傳承、讓知識留存。我手寫我思，我手寫我見，我手寫我知，我手寫我創，變成一本本的書，這是人類持續向前的動力。

我們永遠是「讀書花園的園丁」，不論實體或虛擬、線上或線下、紙本或數位，我們永遠在，城邦、POPO原創永遠是閱讀世界的一顆螺絲釘。

目錄

第一章

她喜歡誰，為什麼要跟別人交代？

她穿著精緻的小洋裝坐在位子上，其實她就是被拖來的，說是蕭家的婚禮，全家都得出席。

雖然她是不在意啦，可是坐在這裡其實挺無聊的。

滑了一會兒的手機，在上菜之前，她溜到外頭去透透氣，挑了個沒什麼人的角落，靠著牆歇息。

今天是個大熱天，落地窗的大片玻璃讓陽光毫無保留的照進屋子裡，她雖然身處冷氣房，但一看到這白燦燦的光就覺得熱出一身汗。

夏豔槿拿出剛剛隨手抽的DM，一下一下的朝自己臉上搧風。

余書一繞過轉角就看見她這副悠哉的模樣。

「很熱？」他站在不遠處出聲問。

夏豔槿指著窗子，轉頭對他聳了聳肩，「還可以，只是看起來很熱。」

她沒別開眼，看著他直直走了過來。

這個人長得還滿好看的，不只是五官好看，連穿著跟髮型都經過細心的打理。

「妳是？」

夏豔槿簡單自我介紹了幾句，也問了對方同樣的問題。

「余書，今天的伴郎。」

他看起來一點都不想離開，表情又有些沉重，她沒怎麼深思就問：「你似乎心情不好，怎麼，新娘是你女朋友？」

余書先是一愣，隨後低聲笑起來。

「曾經是。」

「啊？」還眞的是？夏豔槿眨了兩下眼睛，尷尬的撫著自己的臉，「欸……不好意思啊，我不知道。」

「沒事，我們分手是很久之前的事情了。」余書舒了一口氣，「只不過剛剛送走一個朋友，心情有點複雜。」

送走？

夏豔槿一臉疑惑，婚禮還沒開始就送走了一個朋友，該不會那人已經死了吧？

但經過方才的對話，她不好意思再多問什麼，只能嗯一聲表示明白意思。

兩人並肩站了一會兒，誰也沒有開口說話的欲望。

「妳介意我抽根菸嗎？」

夏豔槿搖搖頭，「你抽吧，不過抽菸對身體不好。」

余書笑了下，沒接話，從懷裡的菸盒抽出菸點燃。

「其實我不常抽，只是這故事太長，剛剛送走的朋友又讓我想起這些事情，一時之間心裡有點……」

他頓了一下，夏豔槿接上話：「惆悵？」

余書吸了口菸，又徐徐吐出，一根還沒抽完就捻熄了。

「怎麼不抽了？」夏豔槿好奇的看他，「是不是我在這裡打擾到你了？不過是我先來的，我可不會讓給你。」

余書笑了幾聲才開口說：「沒，其實抽菸這動作挺像深呼吸的，說不定我多做幾次深呼吸也能達到一樣的效果。」他對她揚起嘴角，「而且，就像妳說的，抽菸不好。」

夏豔槿愣了幾秒，也跟著勾勾唇。

「你肯定還有什麼別的理由，別賴我啊。」

婚禮會場的樂曲不停播放，他們待在這兒卻像置身另一個空間，如此透明又空白，即便聽得見那些音樂，卻遙遠得像從另外一個世界飄揚過來的。

「要不然，你跟我聊聊你的故事？」夏豔槿看著他的側臉，這人雖然一直笑著，看起來卻不是真的開心，剛剛又聽他說新娘是他的前女友，心裡實在好奇。

余書看看時間，淡淡的說：「下次吧，婚禮要開始了，我再不進去就要被罵了。」

下次？夏豔槿挑起眉，卻微微頷首。

他們哪有什麼下次，不過就是兩個交換了名字的人而已。

余書拿出手機，在她面前晃了晃，「給我妳的LINE吧？」

她笑起來，「我還以爲那只是一句客套話，沒想到你是認眞的，下次。」

他搖頭淺笑，像是對她的心思感到有趣，「妳要是不願意也沒關係……」

「欸欸，我哪有說不要？」夏豔槿打斷他，「手機給我，我自己輸入ID。」

余書解開密碼鎖，把手機遞給她。

「誰跟妳要LINE都會給嗎？」

夏豔槿斜睨他一眼，笑嗔：「少得了便宜還賣乖，是我對你的故事有興趣，所以願意給你。」

「這樣啊。」余書回以微笑，接過手機看了一眼，「夏豔槿，那就……下次見。」

她點頭，「下次見，余書。」

*

開學第一天，才早上七點，溫度就高得像站在太陽下三十秒便彷彿會融化。

夏豔槿在公布欄上找到了自己的新班級，立刻舉步往教室前進。

升上高二又重新分班，夏豔槿沒什麼考慮就選了文組，雖然出路比較窄，但她的數學眞是爛到了極致，她一點也不想在未來的人生裡繼續跟數學糾纏不休。

選了個角落的位子坐下，新同學陸陸續續走進教室。

學校的分班是真的是打散重分，只有少數人是跟她同班一年的老面孔，不過也沒什麼太深交情，她並不是會主動跟人打好關係的個性。

折騰了一整天，等到放學的時候，夏豔槿覺得自己都要枯萎了，不僅有一堆代辦事項，還有一群陌生的同學，光是搞清楚名字跟臉的組合，就讓她分外疲倦。

夏豔槿背著書包，離開教室往後門前進，學校後門有一整排的飲料冰品店，她想先去買個喝的，再去挑選幾本參考書。

她向來討厭補習，覺得有那個時間還不如自己看書做題目。

誰知才買好飲料，她一轉身，飲料就撞翻在後面的人身上。

「……」

夏豔槿無言的抬起頭看他，只見那人也一臉錯愕的盯著她。

欸欸……就算不是開車，也要保持安全距離吧？

她不覺得是她的錯，想想，能夠一轉身就把飲料撞翻，那要站得多近，這不是正常的社交距離啊！

但不管怎麼說，她都是那人身上一大片茶漬的始作俑者。

她看了一眼他胸前的姓名學號，李澤浩，喔，是那個高三學長啊。

「學長……」夏豔槿撓撓頭，「對不起啊！我不知道你站在背後，你要不要把衣服脫下來給我，我洗完之後還給你。」

李澤浩似笑非笑的瞅著她，「衣服給妳我要怎麼回家？」

「噢……也是。」

「你們不點的話，後面有人要點。」飲料店店員出聲提醒。

夏豔槿連忙答：「我再一杯，呃……鮮奶青微糖少冰。學長你要什麼？」

李澤浩笑了出聲，「跟妳一樣。」

笑什麼笑啊？夏豔槿一頭霧水。

她向店員點好單，付了錢，拿著號碼單站到一邊去。

莫非學長剛好也想喝這個，所以才笑的？

「妳眞是個怪人。」李澤浩忽然開口，「在這種情況下，妳還想著要點飲料？」

「我很熱啊！」她覺得無辜，「剛剛那杯我一口都沒喝到……」

李澤浩其實也覺得熱，伸手撥了撥額前的頭髮，「是挺熱的沒錯。」

「話說回來，學長，你這樣不會不舒服嗎？」她指著制服上那團茶漬，溼溼黏黏的，觸感應該挺噁心。

唉，浪費了她五十元啊，可見任何値錢的東西放在不對的地方都會變成無用的垃圾，如果這杯飲料放在她肚子裡，那該有多好。

李澤浩也無可奈何，「不然妳說怎麼辦？」

夏豔槿盯著汙漬想了一會兒，「我有個方法，等一下我們先隨便買件衣服給你穿，我再把這件制服拿回家洗。」

「誰出錢？」李澤浩又問。

夏豔槿嘖了一聲，「我！誰教我不長眼睛，不知道後面站了一個大個兒。」她沒好氣的自認倒楣，但同時又覺得有點好笑。

事不宜遲，他們倆提著飲料，往附近的店家走。

一時之間實在找不到什麼好看的款式，只能將就著有東西穿就好。

李澤浩走出服裝店的更衣室，彆扭不已的看著自己換上的條紋T恤，過於寬大的剪裁讓他看起來像個囚犯。

夏豔槿面無表情的走到他身邊，忍著笑說：「學長，你穿制服比較好看。」

李澤浩奉送她一枚白眼，「那妳把我的制服還給我。」

夏豔槿朝他燦爛一笑，手指勾著制服遞了出去，「你不覺得噁心就穿吧。」

李澤浩皺眉，隨即又笑出聲，推了推她，「去結帳！」

「好像我們很熟似的……」夏豔槿嘟囔著，走到櫃檯付了錢，「我怎麼會遇上這麼一個怪人……」

李澤浩站在不遠處，把她的碎念盡收耳底。

「好了，那先這樣，制服洗好我會送到你班上的。」夏豔槿皺皺鼻子，「才開學第一天，這真不是個好的開始。」

剛剛買的T恤雖然不適合李澤浩，但他人高馬大、身材又好，硬是將這身衣服穿出了點帥氣。

他一手插著口袋，瞄了瞄她，「妳餓不餓？」

聽他這麼一問，夏豔槿下意識摸摸肚子，還眞覺得有點空虛。

「都你，我本來想要去買參考書的！」夏豔槿抱怨。

李澤浩笑出聲，「學妹，妳是不是反客為主啦？」

「哼。」她不理他，看了眼手錶，時間還不算太晚，她可以吃個東西再奔去書局。

「走吧，我也餓了，一起去吃晚餐。」李澤浩打斷她的盤算，「吃完我帶妳去買參考書。」

「怎麼去？」她斜眼看他。

「騎機車。」

夏豔槿想了幾秒，「不用了，我們又不熟，我隨便吃就可以了，學長再見。」

「是要多熟才能一起吃飯？」李澤浩挑高眉峰，「走啦，我都要餓死了。」

她很想問他是有多餓，現在也才六點多。

很顯然的，她的拒絕對他起不了作用，夏豔槿想再說些什麼，人已經被拉著走了。

她還沒想好要吃什麼呢，就被拉進附近的義大利麵店，吃了一頓飯。

其實就是一份簡單的套餐，價錢便宜，當然也花不了多久時間。飽餐之後，他們肩並肩走出餐廳時，氣溫總算降了下來。

「欸，學妹，妳眞的不知道我是誰啊？」

夏豔槿覷他一眼，撇撇嘴，「我知道，不就李澤浩嘛，三年A班，資優生，還是校籃隊長。」

他這才笑了開來，「妳都知道啊，那妳幹麼裝不知道？」

「我哪有裝，你又沒問。」她沒當一回事。

老實說吧，長得好看又厲害的人她見多了，一點也不覺得值得大驚小怪。不說別的，光論長相，前些日子遇見的余書還比他好看。

「那妳現在要去哪兒？」李澤浩漫不經心的問。

「回家，參考書只好明天再買了。」夏豔槿朝他晃了晃手上的袋子，「我還得回去幫你洗制服。」

「那個不急，我有好幾件。」

夏豔槿像頭小動物一樣對他齜牙咧嘴，「我急啊，這件事情拖著我心不安。」

*

事情果然跟她想的一樣，純白的制服完全禁不起茶漬的浸染，就算用力搓了好幾次，還是留下了深深淺淺的痕跡。

她想了想，乾脆倒了一盆漂白水，把整件制服浸進去。

躺在床上，她拿著手機翻來覆去的看。

今天突然想起余書，才記起他要對她說他的故事，結果都過十幾天了，連半點下文也沒有。

她不覺得他是客套，如果只是客套，一開始就不用留她的LINE；如果不是客套，那她要不要主動LINE他？

夏豔槿陷入思考，手機開著余書LINE的對話視窗。

她握著手機，雙手攤成大字向後仰躺在床上，閉起眼睛，腦子裡開始盤算明天要買哪幾本參考書，耳邊卻響起LINE的通話鈴聲。

愣了幾秒，她倏地跳起來，鈴聲戛然停止，顯示那頭已經接起。

「喂？」

她連忙將手機移近耳際，「喂喂。」

「找我有事？」余書的聲音傳來，聽起來像是含著笑。

「其實……」她掙扎了幾秒，還是坦率的說：「是我不小心按到。」

余書似乎一點也不覺得被打擾，只是低低的笑，「既然如此……」

她截斷他未完的話語，「既然你都接了，那你今天有心情跟我說故事嗎？」

「我好不容易下班，還要跟妳說故事啊？」余書嘴裡雖然這麼說，口氣聽起來卻不像抱怨，反而帶著一點笑，一點無可奈何。

她有些不好意思，「你今天很累啊？」

「還好，就是喝了點酒，思考不太有邏輯。」余書說。

「喔……」這話聽起來就是不太想說的意思，她彷彿能看見余書輕揉額角的模樣，「既然如此，那我說我的事情吧。」

其實她是不好意思立刻掛電話，才隨口找了個話題，別讓自己感覺太過涼薄。

她叨叨絮絮的說著，佘書一面回應，直到她說完，才又笑了幾聲。

「所以妳打算拿那件制服怎麼辦？」

她想了好一會兒，「不知道，不過要是漂白水也救不回來的話，我也沒辦法了。」

「妳買一件新的還他不就得了？」佘書以輕鬆的口吻提議，「如果妳喜歡他，那件制服也就不用還他了，這樣可以增加一點相處機會。」

夏豔槿大笑，「什麼跟什麼！仔細算算我跟他只相處了三個小時，這樣就可以喜歡上一個人了嗎？」

佘書笑嘆，「青春眞好，你們還有無窮的光陰可以揮霍啊。」

「說得你很老似的……」她嘀咕，「還是現在已經進化到三小時就能上床了？」

佘書沒有掩飾的哈哈笑了。

「不老，就是多了點經驗。」佘書頓了頓，像是把本來想說的話嚥了回去，很快換了個話題，「妳如果想知道怎麼追一個男人，與其問妳的閨蜜，不如找我商量，想追男人當然還是要問男人，問女人實在太不靠譜了。」

「你又知道我會喜歡他了？」夏豔槿並不想挑釁，只是疑惑，「你這麼肯定？」

「我不肯定，但女孩子都喜歡風雲人物，尤其是妳們這個年紀。」

夏豔槿翻了個白眼，「你老是提年紀，好像我眞的很小，那你說，你們那個年紀的女孩子都喜歡什麼樣的人？」

余書輕笑，「首先，我們這個年紀的，會稱爲女人。」

夏豔槿無言的放下手機，認眞想著是不是乾脆掛電話算了，竟然跟她玩文字遊戲。

雖然，很久之後她才明白，女孩跟女人還是有著本質上的差異，不光只是年紀，但這差異，通常建立在年紀之上。

她掛了跟余書的電話，燈也沒關，躺在床上就睡著了。

睡到半夜醒來，突然想起那件還浸著漂白水的制服，便撐著模模糊糊的神智走進浴室查看情況，結果睡意瞬間全消。

是啦，漂白水很有用，那些茶漬都漂掉了，可是，漂白水連學號繡線上的顏色也一起漂掉了，這讓她如何是好？

她拎起那件溼答答的純白制服，撐著頭動了好一會兒腦筋。

看來……只能用余書的方法了。

既然如此，她索性放寬心，躺上床繼續睡。

反正李澤浩都說不急了，那她也不急。

＊

說起李澤浩，學校裡大概沒有人不認識他，一路的資優班，一路的校籃隊長。

每次打籃球，球場邊總是擠滿了女生。

但根據她觀察，其實男生也不少，畢竟這是一個多元成家的社會，他這麼耀眼，吸引同性也是可以理解。

一晚上沒睡好，她打著呵欠走進教室，摸上自己的座位，才趴下睡沒多久，桌子就讓人撞了一下，她抬起頭，硬撐著沉重的眼皮。

唔……

「學妹，我的制服呢？」

是李澤浩。

夏豔槿清醒過來，瞪大眼睛看著他，又環顧周圍的人。

李澤浩笑咪咪的表達來意，「我不好意思讓妳送來給我，就自己來拿了。」

她注意到周遭眼中閃著光芒、興致勃勃等著聽八卦的同學們，腦子登時一片空白。

「我……沒帶來。」她乾乾的解釋，頓了頓，還沒想透澈就把制服的慘劇全盤托出。

李澤浩托著臉，拿那張帥氣逼人的面孔對她。

「既然如此，妳就賠我一件新的吧。」

夏豔槿深吸了口氣，「哪有男人這麼小氣的！」

「幹麼？男人不能小氣啊？妳害我少了一件制服，我沒衣服上學，難道要直接跟教官說我的制服被學妹洗壞了嗎？」

夏豔槿臉都青了。

這段話到底想讓人誤會到什麼程度，他有看到周圍的人臉上都寫著「快告訴我八卦」的飢渴嗎？

「我只不過是不小心把飲料潑到你身上，你至於嗎！」夏豔槿決定把話說個清楚，「我本來就打算買一件新的還你，但是福利社還沒開啊！還有，你怎麼知道我在哪一班？」

「我知道妳的名字，這麼少見的名字全校肯定只有妳一個，布告欄看一下就知道了。」李澤浩起身，「既然沒有制服，那我明天再來。」

「不用！」夏豔槿連忙阻止，音量不由得大了點，卻讓所有人更明目張膽的看戲。可惡，要不是跟班上同學都還不熟，她肯定一人賞一白眼，要他們滾開再說。

「我午休去買，買好送到你班上。」夏豔槿對上他那雙戲謔的眼眸，忍不住嘖了一聲。

「好，我等妳送來。」李澤浩應聲，往前走了幾步，又轉身回來揉了揉她的頭才離開。

……媽的，找人麻煩啊！

她目送李澤浩離開教室，又在眾人的殷殷期盼之下坐回位子。

你們收斂一點好不好？這種狗仔隊的表情實在太明顯了。

她真想對這些新同學這麼說。

要不是馬上就打鐘，夏豔槿估計自己會被這些凌遲的視線活生生剜出好幾個洞。

只不過逃得過第一關，逃不過第二關，她利用午休時間買了制服，送到李澤浩班上去時，又是一陣歡呼。

叫……屁啊！

夏豔槿站在後門外，窘到一個不行，基本上，就是處於一種闖進去殺人、或是落荒而逃的兩難處境。

李澤浩似乎十分習慣這種眾所仰慕的眼光，從容不迫的走到她面前，「找我有事？」

有事有事太有事了！閣下簡直應該去看精神科醫生。

夏豔槿翻了個大白眼，明明知道她是送制服來的，還故意這麼問。幹麼啊，真的以為自己是風靡千百萬人的國際巨星啊？

「吶，制服。」

李澤浩接了過去，低頭確認一下尺碼，「沒買錯，妳怎麼知道我穿L？」

「我洗壞你的衣服，要補救之前當然要看一下尺寸。」夏豔槿擺擺手，「好了，那我們現在沒什麼瓜葛了，我走了。」

「欸，」他拉住她的手肘，「等等，我送妳。」

二年級跟三年級之間的距離不是一層樓，而是一個操場。

夏豔槿看了看他，又瞥了他身後那些人，「不用了，免得你女朋友吃醋，我才不想自找麻煩。」

李澤浩的女朋友一個換過一個，緋聞從來沒斷過，不管是真的還假的，她都不想成為流言蜚語裡的一員。

「隊長現在沒有女朋友。」後面不知道是哪個人聲援，說了這麼一句，惹得在場全部人都笑了起來。

那笑聲裡面包含太多意思，弄得她不自在的摸了摸自己的髮尾。

「沒關係，我送妳吧，又沒多遠，我順便去買瓶飲料。」

「好吧好吧。」夏豔槿現在只想趕快離開這個地方，這些高三學長姊大概都是用一種看好戲的心態在旁觀吧？她沒有這麼好的修養，當人家的飯後話題。

他們兩人並肩離開教室。

高三教室是一幢老校舍，四周的樹木高大而枝葉茂密，即便是炎炎夏日，靠著這些樹蔭，還是能爭取一些廊道上的涼爽。

夏豔槿不疾不徐的走著，李澤浩也不急，就這樣跟她一起前進，只不過還沒走到樓梯轉角，他又開口問：「學妹，妳吃午餐了嗎？」

「還沒，我現在要去福利社買東西吃。」夏豔槿滿腦子都在盤算午餐要吃什麼，這時候福利社裡能吃的大概不多了，希望還有泡麵買。

「妳送我制服，我請妳吃午餐？」李澤浩笑了聲，又問：「妳爲什麼好像很討厭我？」

夏豔槿停下腳步，看向他的目光滿是困惑，「我不討厭你，我沒有理由討厭你。」

「那妳爲什麼連話都不肯多說？」

她歪頭想了想，「我不知道要跟你說什麼，我們才認識兩天，有什麼好說的？」

「我以爲女孩子都很多話。」

夏豔槿扯扯嘴角，嗤了聲，「那是你的刻板印象。」

李澤浩忽然換了個話題，「週六早上妳有空嗎？」

「幹麼？」

「來看球賽，幫我加油。」李澤浩指著體育館，「就在我們學校。」

夏豔槿想了會兒，對他嫣然一笑，「不要。」

*

學校附近總有幾間書店是專門賣參考書的，各個版本都有，還兼賣一些文具什麼的，夏豔槿習慣來這裡把參考書買齊。

「幹麼不要？」黃麗瑄看了她一眼，回頭又往籃子裡放了幾本參考書。

她們兩人高一同班，稱不上交情多好，就是一起念書的好夥伴，會相約去圖書館占位子；既然在一起念書了，當然會一起吃個午餐或晚餐，也算合理。

上了高二之後，黃麗瑄不假思索的選了三類組，說是對生物有興趣。兩人分開也沒什麼離情依依的感覺，反正還是可以一起念書，只是念的科目不一樣而已。

剛放學，黃麗瑄就找了過來，說要和她一起去買參考書，夏豔槿馬上就同意了。

她其實不太會跟人相處，說話總是直來直往，有時候腦子裡想的事情，不經意脫口而出，常讓人聽了臉色一陣青白。

但她大多沒別的意思。

就像她遇見余書，提醒他抽菸不好，就像她遇見李澤浩，覺得不熟所以沉默，都是一樣的，只是很單純的覺得應該要這樣，就自然而然這麼做了。

因此她始終沒什麼好朋友，高一同學對她這種說話方式都不太習慣，除了黃麗瑄。

黃麗瑄心思縝密，很多別人還沒說出口的話，她腦筋一轉就知道，雖然別人怎麼想的她都明白，但她並不覺得有多重要，跟夏豔槿直率的性情還是不大相同。

一個不在乎，一個不明白，算是合拍，或許這就是夏豔槿跟黃麗瑄走到一塊的原因。

「我對籃球又沒興趣，為什麼星期六一早不在家睡覺，要出門看球賽？」夏豔槿頭也沒抬的回應，也挑了幾本自己需要的參考書。

「他是很多女孩子喜歡的對象，妳要是去了，李澤浩不免要跟妳打招呼，到時候人人都羨慕妳。」

「不需要。」夏豔槿擺擺手，「妳怎麼一直說他的事情，難道妳也喜歡他？」

黃麗瑄聳聳肩膀，「喜歡啊，他長得那麼帥，妳一定沒看過他打籃球的模樣，眞的，像在發光。」

夏豔槿想了一會兒，「我看過啊，去年運動會的時候，就妳拉我去看的。」

黃麗瑄走到她身邊，瞄了瞄她的籃子，「妳只看十分鐘就中暑了，最好還記得李澤浩長什麼樣子。」

夏豔槿乾笑幾聲，轉移話題，「妳買好啦？」

「嗯，各科先一本，不夠再說。」

「我也好了，我們走吧。」

兩人結了賬，走到附近的麵攤吃晚餐。

吃到一半，黃麗瑄開口：「小槿，星期六我們去看比賽吧？」

夏豔槿差點就問：什麼比賽？愣了一秒才聯想到是李澤浩的籃球賽。

「妳眞的這麼喜歡他啊？」夏豔槿覺得有點不可思議，黃麗瑄看起來對很多事情都不在乎，卻喜歡一個連話都沒說過幾次的人？

黃麗瑄沉吟一陣，「說喜歡也算不上，但是看他打球很開心。」

「哦……」其實夏豔槿根本不明白她的意思，不過爲了一起念書的夥伴，她還是決定捨命陪君子，「好吧，那我們就八點四十體育館門口見？」

*

星期六一早，夏豔槿還沒睡醒，就接到了黃麗瑄的電話，說怕她睡過頭，所以打電話叫她起床。

掛掉手機好一會兒，夏豔槿才迷迷糊糊想起要到學校看比賽。

才七點半，陽光已經熱得她提不起精神，只是既然答應黃麗瑄要來了，她也不好意思臨時反悔。

夏豔槿又發了一會兒呆，才認命起身，刷完牙、洗完臉之後，換上短褲短袖，騎著腳踏車出門。

學校離家裡並不遠，她抵達校門口時不過八點，正想去找點東西吃，手機就響了。

「妳在哪裡啊？」黃麗瑄說話的背景音聽起來一片吵雜，「體育館快要坐滿了。」手機那頭太吵，讓夏豔槿不由自主加大音量，「我想去買個東西吃，妳先進去吧，找到了好位子再LINE我。對了，妳要不要吃什麼？我順便幫妳買。」

「幫我買瓶水吧。」黃麗瑄吼完之後就直接切斷通話。

夏豔槿揉揉耳朵。比賽不是九點才開始嗎？她以爲她們已經來得算早的，沒想到……

她走到校門口對面的早餐店點了一份蛋餅跟奶茶，又去旁邊的超商買了水，接著才慢吞吞的拎著早餐，沿著樹蔭慢慢往體育館前進。

「夏豔槿！」

這聲音還眞耳熟啊。

她回過頭，不太意外，「嗨，學長。」

李澤浩笑得燦爛無雙，「不是說不來嗎？」

她還眞是跳到黃河都洗不清。

「我朋友說要來看，我就來了。」她打量著他的裝扮，「不用暖身嗎？比賽開始之前還能到處跑？」

李澤浩揚了揚手上的水，又指指不遠處的自動販賣機。

「喔……」她又不知道應該說什麼了，「那……比賽加油。」

「我會的。」李澤浩的笑容在陽光底下看起來志得意滿，「妳都特別來了，我當然要爲了妳努力。」

夏豔槿朝他皺了皺鼻子，對這學長的自來熟再次感到新奇，「說得好像你自己一點都不想贏一樣。」

「欸，妳這個女生怎麼這麼奇怪。」李澤浩走近她，「女生不是聽見這種話都會開心的嗎？」

夏豔槿瞪了他一眼。

她都還沒說他奇怪呢，跟他又不熟，油嘴滑舌說得好像真有這麼回事。

「開心的點在哪裡？」她反問。

李澤浩一愣，正想開口，球隊的人已經過來叫喚他。臨走之前，他還不忘回頭對她笑了一下。

先生，你有事嗎……

夏豔槿拋開令人摸不著頭緒的對話，拎著早餐進入體育館。

冷氣很強，瞬間把她身上的汗水熱氣吹乾。

黃麗瑄找了一個很好的位子，不僅視野絕佳毫無遮擋，瞬息萬變的賽況都能清楚的盡收眼底，但這並不稀奇，只要建造時設計得夠好，很多球場都是毫無死角，更好的是，這個位子還能讓球員清楚的看見她們。

夏豔槿忍不住對黃麗瑄致上無比敬意。

「妳幾點來的？」她把水遞給她，「這麼好的位置。」

黃麗瑄眨眨眼，「體育館七點半才開，太早來沒用。」

才？

太早？

夏豔槿臉都青了一半。

比賽很快就開始了。

但她一來對籃球沒興趣，二來對球員沒興趣，所以整場都低著頭滑手機，瀏覽完所有可以看的東西之後，她點開余書的LINE，將這一連串的事情抱怨了一番。

其實她只是想找個人瞎聊一下，並沒有期待余書搭理她，沒想到送出訊息沒多久，余書就回訊了。

「小丫頭，人家喜歡妳呢。」

這口氣，好像能聽見余書那個老是帶著笑的聲音。

夏豔槿扁著嘴，手指飛快的敲下：「才見幾次面，就說喜歡也太早。」

訊息發過去之後，余書沒再回覆，她也就收起手機，百無聊賴的看著球賽。

她眞的不懂籃球規則，也不知道裁判吹哨子是發生什麼事，只知道每次李澤浩投進球，場上就響起一陣歡呼，才明白這群人都是爲他而來。

她好不容易挨到比賽結束，正開心能夠回家睡覺時，李澤浩又找了過來。

他一身汗，運動過後的手臂，肌肉線條明顯。

他神采飛揚的對她說：「我贏了。」

「恭喜恭喜。」夏豔槿倒是眞心誠意的獻上祝賀，「有什麼獎品嗎？」

李澤浩微笑，「沒有，只是友誼賽。」

沒有獎品你們打得要死要活是有什麼毛病？運動員的想法眞令人不解……

夏豔槿乾乾的笑了兩聲，伸手把黃麗瑄往前一推。

「吶，我朋友，黃麗瑄，她特地來看你打球的。」

他對她勾勾脣，「妳好，我是李澤浩。」

黃麗瑄少見的害羞起來，只點點頭就不說話了。

李澤浩轉頭又問：「等一下跟我們去吃冰吧？球隊慶祝。」

吃什麼冰，她想回家睡覺……夏豔槿才想搖頭，後腰就讓人不輕不重的捏了下。

她回頭看見黃麗瑄正對她使眼色。

她想去。

「……好。」夏豔槿應聲，「你先去換衣服吧。」

「好，那妳們在體育館門口等我們。」李澤浩揮揮手，轉身就走。

他一走，夏豔槿立刻回頭，「妳眞的想去？球隊的人我只認識李澤浩耶，很尷尬。」

「想去。」黃麗瑄肯定的點頭，「難得有這個機會，不去我會後悔。」

「好吧，那我們就去吧，聽說李澤浩現在沒有女朋友，妳這麼喜歡他，要好好把握機會啊。」夏豔槿賊賊的挑眉。

黃麗瑄推了她一下，「我還沒想到那裡。」

「嘖嘖，少裝害羞了，等一下我們就想辦法先換到他的 LINE。」

體育館的冷氣關了，溫度一下子升高，她們兩人並肩往門口走。

黃麗瑄問：「妳不覺得女生應該含蓄一點？」

夏豔槿搖頭，「不覺得，而且喜歡一個人跟含蓄有什麼關係，喜歡又沒有錯。」

黃麗瑄定睛瞅著她，直白的問：「那妳不喜歡他？」

「談不上喜歡不喜歡，也才認識沒幾天。」夏豔槿偏頭想了一會兒，「他人不錯，就是有時候不知道哪條神經有問題，老是說一些奇怪的話。」

「學妹偷說我壞話。」李澤浩的聲音陡然從她背後響起，他後面還跟著一大票球員。

夏豔槿嚇得後退幾步，瞪了他一眼，「我才沒有。」

李澤浩身邊常有女伴早已不是什麼稀奇的事情，不過這卻是他第一次帶女生參加球隊的聚會，又是一票剛打贏球賽的男人，眾人的情緒異常亢奮，讓夏豔槿覺得籃球隊的多話戰力簡直突破天際。

一夥人來到附近新開的冰店，這間冰店位在商圈中，晚上總是門庭若市，大概因爲今天是星期六，又是上午冷門時段，客人還不算太多，他們一行十人一下子就找到座位。

吃完冰，黃麗瑄也跟整個籃球隊混熟了。她原本就是個擅長社交的人，很明白什麼時候該說什麼話才能炒熱氣氛，只是看她想不想做而已。

夏豔槿自覺幫到這種程度，她也可以功成身退了。

「好了，我要回家了。」她站起身，「恭喜你們贏球，拜。」

「學妹，妳不跟我們去看電影？」李澤浩扯住她的手腕。

「不去，我又熱又累，我要回家吹冷氣睡覺，祝你們開心愉快。」夏豔槿朝他皺鼻，然後扯開手，對黃麗瑄眨眨眼睛，「妳一直想看這部電影，就跟他們去吧。」

黃麗瑄愣了一秒，瞬間明白夏豔槿的意思，她還想說些什麼，卻聽見後面有人喊夏豔槿的名字。

「余書？」夏豔槿簡直像看到救星，想也沒想就跑了過去，「你怎麼在這裡？」

余書揚起一抹淺笑，「妳不是去看球賽嗎？剛還怕是我認錯人了。」

他今天衣著休閒，不像婚禮那天西裝筆挺，看起來年輕了好幾歲。

「那幫我一個忙吧？」夏豔槿朝他使眼色，低聲道。

余書頗富興味的看了看後頭，當下就清楚了她的處境，「英雄救美啊？我喜歡。」

夏豔槿沒好氣的瞪他，「那你等我一下。」她說完，又跑回桌邊，「剛好遇見熟人，他說能送我回家，那我就先走了。」

「那是誰？」問的是黃麗瑄。

「一個朋友。」夏豔槿秒答，其實更多的她也不知道了。

李澤浩的目光一直停留在她身上。

夏豔槿對他們揮揮手，在眾人好奇的眼光下走到余書身邊。

余書朝他們頷首致意，帶著夏豔槿轉身就離開冰店。

走了好一段路，夏豔槿才鬆一口氣，「還好你出現了，不然我不知道要怎麼脫身。」

「拉著妳的那個男生就是籃球隊長？」余書很快就連結上夏豔槿跟他說過的事情。

「嗯。」

「看起來不錯。」余書語調輕快，「要不我教妳追他？肯定手到擒來。」

夏豔槿笑了幾聲，少女的笑聲像是風鈴一樣清脆。

「好啊，你跟我說。剛剛旁邊那個女生喜歡隊長，你教我，我再去教她。」

余書微愣，「妳一點都不喜歡那個籃球隊長？」

「怎麼每個人都這麼問？不喜歡，我根本就不認識他，雖然他籃球打得很好，可是我又看不懂。」夏豔槿有些惱怒，雙頰微微發紅，「我巴不得他離我越遠越好。」

「這樣啊？」余書揉了揉她的頭髮，「那妳現在要回家嗎？」

「其實我也沒事，只是覺得跟他們在一起不自在，所以想走。」夏豔槿抬手順了順被揉亂的髮絲，「你呢？怎麼會剛好從這裡經過？」這時間很多店家都還沒開門，應該不是來逛街的吧？

余書停下腳步，夏豔槿也不明所以的跟著停下。

他按下汽車遙控器，解鎖的聲音響起，余書打開車門，對夏豔槿做了個「請上車」的手勢。

「我公司就在附近，早上去處理一些事務。」余書伸手指向不遠處的商辦大廈，「才走到街上，就看見妳被人揪著手腕，又一臉不樂意的樣子，所以湊過去看熱鬧了。」

夏豔槿因為余書的話笑了出聲，「我還想說怎麼這麼巧呢！」坐上車，她摸了摸車裡的擺設，「你的車跟我爸的一樣。」

「哦，這輛車CP值高，外型也算低調。」余書發動引擎，「想去哪裡？」

「總之不要電影院就對了。」夏豔槿習慣性的動手想調整冷氣，摸到按鈕才想起這不是她家的車，「我可以調整一下冷氣嗎？」

「當然可以。」余書應聲，「既然沒有想去的地方，那陪我去買個東西吧。」

「好啊。」

余書驅車到了一家商場，採購所需的鞋子跟包包，他挑選東西的眼光極佳，夏豔槿陪在一旁看著、逛著，倒也不覺得無聊。

「妳要不要也挑挑，有什麼喜歡的一起買了。」

夏豔槿搖頭，「這裡的東西都不適合我。」

余書四處掃視，拿起一只小巧別緻的皮包，「這個很適合沒良心的少女啊。」

「你這是誇我還是損我？」夏豔槿接過來瞧了瞧，同意的點點頭，「雖然不錯，可是不適合帶到學校去。」

「是嗎？」余書問，又把包包放回架上，「我離中學時代太久了，已經忘了上課應該是什麼樣子。」

夏豔槿聳聳肩，「與其研究這個，你還是跟我說說你的故事吧，我眞的很好奇。」

「總不能在這裡說吧？」余書思考了幾秒，「附近有家咖啡店，蛋糕不錯，妳要不要試試？也該坐下來休息一下了。」

「也是，逛久了，腿還真有點痠。」

夏豔槿跟佘書逛完一整個商場後，佘書買了條樣式簡單的手鍊送她，拿到禮物的那一刻，夏豔槿才忽然想到，佘書該不會就是那個佘家的人吧？

她反應眞慢，那場婚禮是蕭家的，佘書又是伴郎，當然就是那個佘家啊。

整路吱吱喳喳的夏豔槿一安靜下來，馬上就引起了佘書的注意。

「在想什麼？」

「我現在才知道你是佘書。」她脫口說出一句沒頭沒尾、甚至有些沒邏輯的話。

佘書笑了起來，成熟男人低低的嗓音，像羽毛一樣撓著她的耳根。

「是啊，就是那個佘書。」他應了這句話，算是間接表示他聽懂了她的言外之意。

「我倒是沒有認錯妳。」

「廢話……姓夏的人又不多。」夏豔槿吐槽。

佘書揉了揉她的瀏海，「妳也眞夠遲鈍的，現在才認出我。」

夏豔槿噘著嘴，理順被他弄亂的瀏海，「怪我嘍……之前又沒見過你。」

聊著聊著，佘書說的咖啡店已經到了，裝潢風格十分符合女生喜好，綠白相間的色系搭配帶點古典風格的家具，顯得優雅不俗。

夏豔槿看著櫥窗內琳瑯滿目的甜點，拿不定主意該選哪個才好。佘書見狀，向櫃檯的店員低低吩咐了幾聲後，就拉著她先入內就座。

沒多久，一盤閃耀澄黃光澤的蛋糕送上，還散發著酸甜的水果香，但更令人驚喜的，是上頭排成花朵狀、深淺漸層的紅色馬卡龍。

「這是店家每日限量的特販品，叫夏戀槿香，試試看吧。」

聽到蛋糕的名字，夏豔槿有些驚訝，再看看余書臉上略帶神祕的微笑，她立即發現了其中玄機。

「這家店……該不會是你開的吧！」

他不回答她的疑問，逕自介紹起眼前的蛋糕。

「夏戀槿香是以夏季盛產的愛文芒果、搭配海鹽製成慕斯主體，上頭的馬卡龍則是取朱槿花液染色，再夾焦糖巧克力內餡。為了這個點子，當初我可是跟主廚討論了很久。」

夏豔槿沒想到余書不僅開甜點店，還會設計蛋糕，而且……用的是她的名字，一時之間說不出話來。

但大概是她臉上的困惑太過明顯，余書又說：「要感謝妳給我的靈感，很少有人會以朱槿花當食材。」

「那我要收授權費才行！」她故意鼓起雙頰，嘟起嘴，逗得余書哈哈大笑。

儘管他們的年紀差許多，但夏豔槿覺得跟余書聊天十分有趣，一點年齡的隔閡也無，相處起來甚至比跟班上同學還要自在得多了。

✽

放學時分，夕陽餘暉斜斜的灑在圖書館門口，暈染出一地金黃，夏豔槿看著站在黃麗瑄旁邊的那個人，覺得有點頭疼。

「爲什麼……」

「嗨，學妹。」

「嗨，學長……」夏豔槿揉了揉額角，無力的目光投向黃麗瑄，她在李澤浩的後方做著拜託的手勢，夏豔槿撇撇嘴，「你怎麼也在這兒？」

「高三了，該念書啦。」李澤浩笑咪咪的，像是這件事情多麼理所當然。

夏豔槿呵呵兩聲，掩飾尷尬。

學校明明就規定高三要留在班級教室晚自習，你肯定是用什麼非法手段，才爭取到在圖書館念書。我不齒你啊！

看穿了夏豔槿的腹誹，黃麗瑄急忙跳出來緩頰，「妳先拿書包去放吧，在老位置，然後我們一起去吃晚餐。」

她點點頭，直接越過李澤浩走進圖書館裡，很快就在她們習慣坐的位子發現黃麗瑄的書包。

一轉身，黃麗瑄也追了進來，拉著她的手走到女廁去。

「怎麼了？」她不是明白表示自己對李澤浩跑來跟她們一起念書這件事，雖然不是很高興，但也沒什麼意見了嗎？

黃麗瑄打量她的神色，才緩緩鬆了一口氣。

「我怕妳趕他走。」

「我是很想，不過妳喜歡，我不好意思。」夏豔槿無可奈何地聳聳肩，「你們好事成了之後，記得要請我吃飯。」

「說到這個……」黃麗瑄面露難色，「妳覺得我們晚餐吃什麼好？」

「平常不就在學校附近隨便找家店吃嗎？」夏豔槿有些困惑，「還是妳今天想吃點別的？可是我今天作業比較多，沒有太多時間……」

她的話被黃麗瑄舉手打斷，「不是，我的意思是，在學校附近隨便吃吃，學長會不會覺得我們寒酸？」

「啊？」夏豔槿這下眞的弄不明白了，「一頓晚餐而已，什麼寒酸不寒酸的？」

黃麗瑄臉上露出少見的羞赧，「妳也知道我家的情況不是那麼好，週六那天我看學長他們吃冰、看電影一點都不手軟，感覺很有錢。」

夏豔槿眨了好幾下眼睛，總算明白她的意思。

「欸，如果他喜歡妳是看上妳家的錢，妳才要擔心好不好？」

黃麗瑄又馬上反問：「如果他因爲我家的情況而不喜歡我呢？」

「那就說明他膚淺沒眼光。」夏豔槿認眞盯著她，「妳眞的很在意？」

「……嗯。」

她嘆口氣，擺擺手，「等一下我直接問他要不要吃便當好了，這樣他就不會知道妳家的情況了，我倒是一點也不在意他覺得我窮。」

黃麗瑄雙掌合十，「那就拜託妳了。」

「小事一樁。」夏豔槿笑了笑，「走吧，我想快點回來寫作業。」

「好。」

兩人並肩走出圖書館，李澤浩已經等得不耐煩，在一旁滑手機了。

「眞久，妳們是跑到哪裡去了？」李澤浩收起手機。

「上個洗手間而已嘛。晚餐吃港式燒臘吧？」夏豔槿不浪費時間，一句話就切入正題。

李澤浩愣了一瞬，「我本來想找妳們去吃巷口的簡餐。」

「我趕時間，想快點吃完快點回來。」夏豔槿催促，「我要寫作業，你要是很閒就自己去吃吧。」

「好吧好吧，便當就便當。」夏豔槿都這麼說了，李澤浩只能同意。

夏豔槿原本認定李澤浩不會乖乖念書，但事實證明，他的好成績並不是作弊得來的，說要認眞念書，就聚精會神的念，幾乎要忽略她們的存在，直到八點半才從自己的小世界出來。

「妳們還要念多久？」他在紙上寫下這行字。

黃麗瑄首先提筆在紙上回應，「我差不多了。」

「我也是。」夏豔槿字跡潦草的寫，然後開始收拾東西。

三人動作迅速的離開了圖書館，走在夜晚的校園裡，夜風徐緩，周遭的一切彷彿都安靜下來。

「妳們要不要打籃球？」李澤浩忽然提議。

「這種時候哪來的球？」念完了書，夏豔槿頓時覺得心情大好，「而且我們才三個人怎麼打？」

李澤浩露出燦爛笑容，「我是籃球隊長，怎麼可能沒有球？妳們兩個先去籃球場等我，我回去拿。」

話一說完，他就跑了。

她們兩人一邊走一邊聊。

「跟他比較熟之後，我覺得他不像是我想像中的那個人。」黃麗瑄和夏豔槿坐在球場邊，雙手抱著膝蓋，「以前我以爲他像太陽一樣閃耀又遙不可及，沒想到，他其實也是個普通人。」

夏豔槿琢磨了一會兒黃麗瑄話裡的意思，「所以，妳不喜歡他了嗎？」

「不，我更喜歡他了。」黃麗瑄嫣然一笑，「感覺好像更能貼近他了。」

喔……夏豔槿撫了撫裙襬，她不能理解，既然喜歡，幹麼還要用這種抱怨的口氣說話，弄得她都不知道怎麼判斷了。

這時候李澤浩回來了，籃球在他手上像是一隻聽話的寵物，在他的指尖、掌中滾動。

「來吧，我們比三球，妳們兩個一隊，哪邊先被投進三球就要請喝飲料。」他笑著說。

黃麗瑄站起身，夏黷槿則懶洋洋的沒什麼興致，黃麗瑄搖了搖她的手，她才動動手腳，說：「這樣不公平，我們進一球就算贏。」

「妳這是得寸進尺啊？」

夏黷槿指了指黃麗瑄，「我不擅長籃球，根本算不上戰力，你跟麗瑄打，難道不應該讓她嗎？」

「可以，那在我投進三球之前，妳們只要投進一球就算贏。」李澤浩倒也大方。

說好規則，球賽就開始了。

其實這場比賽在李澤浩眼裡彷彿一場遊戲，即便只有他一個人，還是能把兩個女生耍著玩，他像在籃球上裝了遙控器，總是可以讓球出現在令人意想不到的地方。

轉眼之間，他已經進了兩球。

「妳們再不認眞點就要輸了。」

黃麗瑄的球類運動玩得比夏黷槿好很多，一聽到這句話，立即跑上前搶球。

十幾分鐘的比賽，在李澤浩的有意捉弄下，夏黷槿早已累得氣喘吁吁。

輸就輸吧，反正一杯飲料而已，她輸得……

籃球從她的臉上彈起，落在附近的地面，砰一聲，她跟著仰倒在籃球場上。

「黷槿！對不起對不起，妳有沒有事啊？」黃麗瑄飛奔過來，「對不起！我只是想傳球，妳……流鼻血了……」

夏豔槿愣愣的抬起手想摸，李澤浩已經搶先一步把衛生紙塞進她掌中，「沒事，流鼻血而已，誰打籃球沒流過鼻血。」

是誰害我的？媽的，眞想直接把鼻血擦在他制服上！

「麗瑄，妳拿面紙去沾點水過來，替她擦臉。」李澤浩邊說邊伸手捏住她的鼻梁。

「好！」黃麗瑄立刻跑開。

李澤浩扶她坐起，讓夏豔槿靠在自己肩上，沒好氣的念：「用臉接球，妳眞厲害。」

她暈晃晃的還說不出話，只能全身無力的靠在他身上。

李澤浩用手輕輕順開她的頭髮，「別怕，剛開始頭都會有點暈，妳低著頭，等一下血就停了。」

他一面說，夏豔槿的鼻血一滴滴落在球場上，聲音比想像中還要清晰。

「等一下如果妳還是頭暈，我們恐怕必須去急診室，至少要檢查一下有沒有腦震盪，但我想應該沒事，妳們女孩子的力氣不大，球頂多就是碰傷妳，要砸成腦震盪機率很小。」

球場的燈光啪的一聲忽然滅了。

「九點十分了，學校關燈了。」

李澤浩像是擔心她害怕，不停的在她耳邊說話，語氣不疾不徐，和緩的口氣讓人安心。

「等麗瑄回來，妳的血應該也止住了，如果沒止住，妳要檢查的就不是腦震盪而是凝血功能了。」

你這是在詛咒誰啊？

夏豔槿忍不住心想，卻又因李澤浩的舉動而感動，他在……保護她。

一陣手電筒的光芒掃過他們，又移回停在他們身上。

「麗瑄回來了，她果然比妳聰明，還知道要拿手機當手電筒。」李澤浩不停的說。

夏豔槿正想開口說話，黃麗瑄已經跑了過來。

李澤浩一手托起她的下顎，燈光照在夏豔槿臉上，黃麗瑄眞是狠狠被嚇了一跳，看到有人一臉血眞的挺可怕的。

「衛生紙給我。」李澤浩朝黃麗瑄伸出手，拿了幾張乾的先抹掉一些血跡，才用溼的面紙擦拭。

他嘗試鬆開放在夏豔槿鼻梁上的手指，確定鼻血沒有再流，才鬆了一大口氣。

「好了，凝血功能沒有問題，學妹妳可以放心了。」李澤浩放輕力道讓她坐正，一手仍托住她身後，「頭還暈嗎？」

夏豔槿抱著頭，「嗯。」

不只暈，她還有點想吐……

李澤浩毫不遲疑，很快下了判斷，「麗瑄，幫我一下，我要背她去急診。」

黃麗瑄幫著李澤浩背起夏豔槿，一臉擔心的說：「我跟你們去。」

「不用了，又不是去玩，這麼多人去會造成麻煩。」李澤浩安撫她，「妳先回家，很晚了，妳家人會擔心，我們只是去檢查一下，應該沒有問題。」

黃麗瑄被他說動了，「那給我你的手機，晚點我打電話問你情況。」

李澤浩很快的報出一串號碼，「回家路上小心。」

黃麗瑄憂心忡忡的又看了夏豔槿一眼，摸摸她的頭才轉身離開。

「學妹，妳還醒著嗎？」

「嗯。」

「妳能坐機車嗎？我會騎得很慢，但是妳一定要抱緊我，這樣我們可以不用叫救護車，好嗎？」

雖然李澤浩是詢問，卻更像是叮囑。

夏豔槿沒想到這個又瘋又幼稚的小氣學長，處理起事情會這麼有條不紊，而且……值得依靠。

一瞬間，她忽然覺得自己心跳加速。

李澤浩小心翼翼的將她帶到附近醫院掛了急診，填寫資料、看診時，也有條有理的回答醫生的問題。

最後醫生讓夏豔槿拍了張X光片，她才躺上病床休息。

這麼折騰了一個多小時，夏豔槿遲遲沒回家，果然剛躺下沒多久，手機就響了。

李澤浩幫她從書包裡拿出手機，自己也走到門外打電話報平安。

等他走回床邊時，夏豔槿剛好掛上電話。

「餓不餓？渴不渴？」他的表情仍有些擔心，「我去幫妳買點熱的來？」

「不用不用。」夏豔槿擺擺手，「你快回家吧，我家人等一下就來了。」

「那我等他們來了再走，妳一個人我怎麼放心？」李澤浩拉了張椅子，「妳今天眞是嚇到我了。」

「我也被嚇到了。」她抬起手摸著護士處理過的傷口，隔著厚厚的棉花，觸感眞特別。李澤浩看著她的動作，才注意到她手上的鍊子，「這手鍊滿好看的。」

「喔……我朋友送的。」她想起余書。不知道今天晚上的事情要不要告訴他？但好像又沒有什麼該說的必要。

見她又安靜下來，李澤浩伸手理理她的頭髮，輕聲問：「是不是還不舒服？」

夏豔槿把目光放在他臉上，他眞的長得很好看，今天一整晚，他像是英雄一樣保護她，一點不耐煩也沒有。

「你怎麼會這麼鎮定？」

「我想當醫生，這點意外當然不能怕。」李澤浩溫和的笑，「而且球隊太多人被球砸到流鼻血過了，摔斷手肘的都有，我很有經驗。」

「這麼危險的運動你們竟然還樂此不疲。」夏豔槿感到不可思議的低聲道，「都該去看心理醫生。」

「還能跟我鬥嘴，表示沒什麼大礙了。」他咧嘴笑道，又搖搖頭，「妳的體育有沒有這麼差？那顆球慢得不可思議，妳還能被砸中，眞不應該怪別人了。」

「我哪有要怪別人。」夏豔槿朝他做鬼臉，又疼得直抽氣，「我動態視力不好，所有會動的球類運動對我來說都很困難，但是游泳、慢跑之類的，我就做得很好。」

像是要證明什麼似的，夏豔槿說得又快又急。

李澤浩淺笑聽著，然後摸摸她的頭。

「妳急什麼？我相信妳啊。妳動態視力不好，那我們以後不打球了；妳擅長跑步，以後我們就沿著操場散步當運動。」

她凝視著李澤浩，明明是敞亮毫無氣氛的急診室，她卻忽然覺得眼前這個人感覺跟之前不一樣了。

他溫溫的對著她笑，不是那種不正經的笑，而是像春陽一樣暖暖的、輕輕的，讓人貪戀。

「你……習慣保護所有人？」她從喉頭裡擠出這句話，一說出口就後悔了。

她到底是要他承認，還是要他否認？

她到底希望在他心裡與眾不同，還是跟一般人沒兩樣？

不管是哪個，她想，她心中好像有些什麼被改變了。

李澤浩沒有回答，只是對她笑彎一雙眼睛，晶亮的瞳孔彷彿映出她的面容。

她好像……開始喜歡眼前這個人了。

＊

高三的第一次模擬考很快到了，李澤浩一點也不緊張的樣子，早上照樣跟著球隊練球，晚上跟著她們在圖書館念書。

李澤浩見識過夏豔槿對籃球有多一竅不通，不敢再找她們打球，但念完書後運動一會兒的習慣倒是保留了下來，他們經常念到八點半就收拾東西去操場散步。

李澤浩跟黃麗瑄都是三類組，兩人自然比較多話題能聊，夏豔槿也不刻意介入他們的談話，只是跟在他們後頭走，有一句沒一句的聽著，要是有一天，他們兩人能在一起，她也會祝福他們的。

至今她還不太清楚，自己對李澤浩到底是什麼感覺，能看見他的時候當然很好，要是沒見到，也不特別覺得失落。

李澤浩突然轉過身來倒著走，對她說：「學妹，我這次模擬考是全國前一百名，沒有意外的話，我想念哪間大學就可以念哪間大學。」

夏豔槿愣愣的看他，「喔，你跟我說這個幹麼？」

李澤浩衝著她笑，「我一定要念最好的醫學系，所以妳要努力念書才能追上我。」

這話裡實在有太多意思，夏豔槿不怒反笑的問：「我爲什麼要追上你，你念哪裡關我什麼事？」

「因爲我要念的大學是全台灣最好的，所以妳要追上來啊。」他又端起那張不正經的表情，「麗瑄都說她一定會認眞考上，我們不是念書三人組嗎？所以一起上好大學也是理所當然的，到時候我一定會照顧妳們。」

夏豔槿索性別過頭去，有些賭氣的說：「你們感情好就一起念好了，我還有其他想讀的科系可以選。」

「哦？」李澤浩挑眉，「我第一次聽妳提起有想念的科系，說說看妳想念什麼？」

「新聞。」

「妳想當記者？」

夏豔槿思考了一會兒，「沒有，只是單純覺得好玩，我有興趣。」

「這樣啊，可是妳的個性好像不太適合傳媒。」李澤浩輕撫下巴。

「我什麼個性，爲什麼不適合？」她有些不服氣，「又不是每個念新聞的都要當主播，我長得不好看要你管。」

李澤浩一聽，知道她誤會了自己的意思。

「欸欸，我可沒說妳長得不好看，妳不要這麼敏感。只是認眞說起來，妳個性這麼耿直，又渾身有刺的樣子，不管是記者還是主播，好像都跟妳聯想不到一起啊。」說完，李澤浩又嘆了口氣，「妳們女生就是麻煩，我只是就事論事。」

夏豔槿讓他這麼一說反而笑了出來，「那你說，什麼樣的人適合念新聞？」

「我看，麗瑄就挺合適的啊。」

忽然被李澤浩點名，黃麗瑄愣了愣，立刻澄清：「我對新聞沒有興趣，我還是喜歡生物多一點。」

「我的意思是，麗瑄聰明又懂交際，妳沒看她跟我們球隊的人聊天，好像不管是誰，都能把對方哄得服服貼貼，這才是念新聞的料。」

夏豔槿噘起嘴，聽完李澤浩這番評價，她心裡頓時一陣失落。

別人什麼都好就對了！莫名其妙！

＊

週末的甜點店還沒中午已經坐滿了客人，四處都瀰漫著香甜的浪漫氣味。

「妳是不是喜歡上他了？」佘書盯著眼前萎靡的女孩，聽她叨叨絮絮說了一上午的話，總算得出一個結論。

佘書的總結讓夏豔槿更沒有精神了，「這聽起來不是一件好事。」

「會嗎？人本來就是善變的，妳以前不喜歡，但是現在喜歡，又有什麼不行？」佘書輕挑起一邊眉峰，「妳不會是害羞吧？」

夏豔槿噗哧一聲，「你才害羞。」

見她心情好轉，佘書抬手招來服務生，請他把面前的熱蛋糕撤了，自己卻往她的杯子裡倒水果茶。

「不過妳到底在猶豫什麼？」佘書轉頭又點了一份熱蛋糕跟熱咖啡，「是不是不知道怎麼追？我讓妳靠，雖然追男人我沒經驗，不過我就是男人，讓妳取材正好。」

夏豔槿懶洋洋的瞥了他一眼，「我煩惱的是，麗瑄也喜歡他，而我覺得我們現在這樣很好，我不想讓三個人都尷尬。」

「好青春的煩惱。」余書笑起來，笑紋淺淺的，聲音低低的。

「你以前沒有這種煩惱？」夏豔槿天真的眼眸盯著他，偏了偏頭，「你是我見過最好看的男人，怎麼可能沒有？」

對於她的評論，余書不知道該哭還是該笑。

「沒有，我以前的困擾只有這個女孩子我膩了，應該換一個了。」

他太坦率，反而讓夏豔槿忍俊不禁，「你騙我吧？」

余書聳聳肩，「沒有，我高中是在國外念的，妳也知道國外的孩子多半早熟，高中換男女朋友簡直跟吃飯一樣，沒有人天天吃一樣的餐點的。」

夏豔槿眨了好幾下眼睛，「所以，你有過很多女朋友？」

余書沒回答她的問題，卻說：「現在一個也沒有。」

她傻了幾秒，又追問：「成年男人都很花心？」

「我花心的時候還沒成年。」

這句話說完之後，他們一起安靜了幾秒。

隨後，夏豔槿爆出大笑，惹來周圍客人側目。

「對不起對不起。」她向四周對她行注目禮的人道歉，拿起紙巾擦著脣角以掩飾尷尬，但雙眸卻盛滿笑意，她舉杯喝了口水，低聲道：「你是要逼我說，男人都很花心嗎？」

「我只是想提醒妳，這很明顯有問題。」余書一臉無辜，「每個人的狀況都不一樣，怎麼可以一概而論？」

「也是啦。」夏豔槿點點頭。

此時服務生又端上了新做的熱蛋糕，這下她有心思了，看著散發出濃郁香甜氣味的蛋糕，眼睛發光，口水滿頰。

「我能吃了嗎？」

「妳吃吧，吃完告訴我感想。」余書笑意融融的說。

夏豔槿塞了一塊入口，字句含糊的問：「這不會也是你的店吧？」

「噓，財不露白。」余書裝模作樣的對她豎起食指，「妳就吃吧，這跟是誰的店有什麼關係？」

夏豔槿對他努努嘴，「你要找人試吃的話，找誰不行，非得找我？」

「妳比較直接，其他試吃的人要不是非主要客群，就是有非分之想，我可是在工作。」

余書一臉正經的說，讓夏豔槿不禁又掩嘴發笑。

吃完東西，夏豔槿又被余書帶著往商場裡跑。

「欸，這不會也是你的吧？」

余書琢磨了一會兒才回答：「只能說部分。」

「嘖嘖，富可敵國。」夏豔槿讚歎。

「過獎過獎，上次妳去參加婚禮的蕭家，那才是富可敵國。」余書在商場裡繞，週末的客人很多，居然沒半個員工注意到他。他一邊走，一邊在手機上記了些什麼。

「你週末都在忙這些嗎？」她探頭瞄了手機一眼，都是些陳列方面的問題。

她還以爲長大之後，可以過著輕鬆的日子，不上班就能好好休息，哪知道面前就有一個連週末都在上班的人。

「平常都坐在辦公室裡，出來逛逛走走，順便工作也不錯啊。」余書看了她一眼，「還是這種天氣跟時間，妳寧可去戶外曬太陽？」

夏豔槿乾笑兩聲，連連擺手，「那倒不用了。」

余書收起手機，「這層樓都是少女的東西，妳有沒有什麼想要的？」

夏豔槿左右看了看，指了前方的假人，「那幾件衣服滿好看的，不過我沒帶卡。」

「那算什麼問題？」余書拉起她的手，拋了個媚眼給她，故意說：「想要什麼，哥哥買給妳。」

夏豔槿被逗得咯咯笑。

余書的口氣眞有趣，她又不缺這麼一點錢，說得像是想要討好她一樣。

「比起這個，你還是跟我說說，我應該怎麼處理李澤浩的問題吧？」夏豔槿一邊跟著他走，一邊問，「我又喜歡他，又不能喜歡他，到底要怎麼面對他？」

余書拿起了夏豔槿剛剛說的衣服，好像在他眼裡，這幾件衣服比那幾個跳針的問題重要太多。

「不怎麼辦，妳現在覺得還是三個人比較好，那就維持三個人吧。」他拿著衣服在她身上比畫，「我認爲友情不比愛情好處理，妳謹愼一點也沒錯。」

「嗯。」夏豔槿思考著他的話，「我不太會交朋友，所以……」

余書抬手打斷她，「在這個當下，妳不如先想想要怎麼從我這裡挖走一大筆錢，例如說，這件衣服啦，或者是要不要順便買個包包，鞋子也配成一套……化妝品還不需要。喔，有幾款香水很適合妳。」

夏豔槿覺得好笑的輕搥他一下，「你發什麼神經啊？」

余書又讓專櫃小姐拿了幾件洋裝出來，「我沒發神經，妳有空在乎別人怎麼想，不如把自己弄得漂亮一點，剛好妳沒帶錢，我又是一個大金主，這發展很合情合理啊。」

「我要這麼多衣服和鞋子幹麼？」夏豔槿又好氣又好笑，「難道我能拿這些衣服去送麗瑄，請她不要生氣嗎？」

她脫口而出，余書原本戲謔的神情卻瞬間收斂了起來，「小丫頭，這件事不可以做，妳知道吧？任何用錢買來的朋友都是假的。」

畢竟是在商場上打滾許久的男人，一旦板起臉孔，就能讓氣氛變得嚴肅緊張。

夏豔槿有點被他的神情嚇到，愣愣的點了幾下頭，又吶吶的問：「那，你現在算不算拿錢買朋友？」

余書忍了一會兒，還是笑出了聲，「這不算，我是寵妹妹。」

話都給你說就好啦……

「我哪時候變成你妹妹了？」

「妳要是想，我們現在就去行天宮結拜。」余書笑嘻嘻的說。

「不用了。」夏豔槿對他皺皺鼻子。

*

時間過得很快，高三考完第一次模擬考之後，隨之而來的就是全校第一次段考，考前兩週，夏豔槿三人都讀得要死要活，一考完黃麗瑄立刻找她去逛街，說是要幫李澤浩挑生日禮物。

兩人約了校隊練球的週六上午，避開李澤浩，還可以先吃個午餐，再悠哉悠哉的到商圈去選禮物。

「他生日是什麼時候？」夏豔槿亂猜，「處女座？天秤座？」

「不是！是天蠍。」

夏豔槿一陣思索，「妳是說那個報復心很重的天蠍？」

「妳也可以說天蠍很專情啊，幹麼偏要這麼說？」黃麗瑄發笑，「妳這麼討厭他，這樣好嗎？」

夏豔槿搖搖頭，有點尷尬，「我不討厭他啦。」

「不討厭還總是跟他鬥嘴？」黃麗瑄挑眉。

說實在的，黃麗瑄此刻的眼神令她想逃，像是能看穿她一樣。

她略略別過臉，「好玩嘛。」

黃麗瑄哦了聲，卻又追問：「那妳現在喜歡他了嗎？」

夏豔槿心裡喀登一下，她眞怕黃麗瑄問這個問題。

「不說我了，妳想買什麼當他的生日禮物？如果妳要送，我好像也應該送。」夏豔槿說得很快，說完才注意到黃麗瑄的臉色有些不對勁，「怎麼了？」

「沒有，只是覺得如果妳也要送，那我的禮物一定比不上妳的。」黃麗瑄看起來難掩沮喪，「妳肯定可以買很好的東西送他。」

唉，她怎麼說什麼錯什麼啊！

夏豔槿暗罵自己笨，尷尬的笑了兩聲，「那……又沒什麼，不、不然我不要送好了。」

「但是妳不送，他一定又要找妳鬥嘴。」黃麗瑄一張臉垮了下來，頓時失去光彩，「他還是比較喜歡妳。」

大小姐，送也不行，不送也不行，妳到底想怎樣，說清楚啊！

夏豔槿嘆氣，「好吧好吧，那妳送禮物，我就送蛋糕好了，生日總要吃蛋糕的，我們還可以一起吃。看在蛋糕的份上，他應該會放過我吧？」

黃麗瑄抬起有些委屈的眼睛，「眞的嗎？這樣妳會不會不開心？」

「我有什麼好不開心的？」夏豔槿哈哈笑，「挑蛋糕比挑禮物容易多了，反正心意到就好了，我們還可以挑自己愛吃的。」

「謝謝妳，妳眞好。」

「不說這個了。妳要吃什麼，我好餓……」

黃麗瑄指著前方，「前面有一家不會太貴的簡餐，吃那個吧？還能坐下來吹冷氣。」

「好。」

見她轉開話題，夏豔槿舒了一口氣，只是心頭的鬱悶卻揮之不去。

不知道也就算了，現在都知道他的生日了，不送些什麼也不對，送點什麼也不行，眞是兩面爲難。

都怪她，一開始幹麼說不喜歡他，弄得現在要說自己喜歡他也很奇怪。

她抬起手，摸了摸余書送她的鍊子。

如果是余書，不知道會怎麼做？

他會不會跟她說：妳想送就送，管別人幹麼？

不不，會說這句話的應該是李澤浩才對吧？

她想著想著，不經意的笑了出來，那個學長一點都看不出來是天蠍座，這麼霸氣的話應該是獅子座的人才會說。

她偷覷黃麗瑄的側臉，又在心裡嘆了口氣。

是不是應該早點承認這件事，坦白總比隱瞞好吧？

可是要怎麼說啊……而且她喜歡誰，爲什麼要跟別人交代？

「妳覺得，如果我跟他告白，他會接受嗎？」逛街途中，黃麗瑄忽然橫空冒出這一句。

隔著商品貨架，夏豔槿愣了好一會兒，「我、我不知道，我跟他沒有這麼熟。」

她要去告白了嗎？那，如果成功的話……夏豔槿忽然感覺心頭一陣酸澀，她不希望她去告白，卻又覺得這麼想的自己太卑鄙。

「可……可是，如果告白失敗的話，以後見面不是會很尷尬嗎？」夏豔槿想也沒想的脫口而出，看見黃麗瑄臉上浮現極失落的神情，她又緊張的說：「不……不過他……他會接受吧？」

「不，妳說的對，如果告白失敗的話，我們就不能一起念書了。」黃麗瑄頷首，「我很喜歡他，所以不能冒險。」

夏豔槿不知道該接些什麼話，隨手拿起一樣東西擺弄。

黃麗瑄探頭過來，「妳覺得他會喜歡這個嗎？」

夏豔槿手上拿的是一個精緻小巧的皮製貓頭鷹，她思忖幾秒，「我不知道，但他應該比較喜歡跟籃球有關係的禮物吧？」

「妳說的有道理。」黃麗瑄又往另外一頭尋找。

夏豔槿低頭沉思一陣，然後拿著手上的貓頭鷹皮件去結帳。

整個下午，她們就在商圈走走看看，黃麗瑄買了保護膝蓋的護膝，夏豔槿這才知道好的護具原來這麼貴。

黃麗瑄的零用錢不多，這份禮物要八百元，她肯定是存了好一陣子。

「妳買了這個還有錢吃飯嗎？」夏豔槿有點擔心的問。

「還可以，吃少一點就好了。」黃麗瑄滿心歡喜的看著手上的禮物，「希望這個可以幫得上他。」

「一定可以的。」夏豔槿不知道該如何反應，只能隨口搭話。

她們走了一段路，夏豔槿的手機突然響了。

是李澤浩。

她瞄了黃麗瑄一眼，才接起電話。

「喂？」

「學妹，妳在哪裡？」

「跟麗瑄在逛街。」

「妳們出去玩爲什麼不找我？」李澤浩在另一頭裝無辜。

「女生逛街找你幹麼？」

「學妹排擠我，嗚嗚嗚。」說起厚臉皮的功力，李澤浩一點都不遜色，「那妳們等一下要去哪裡？」

夏豔槿看了看黃麗瑄，後者正對她使眼色，想必是從旁聽見了李澤浩的問題。

「沒有計畫，可能找個地方坐一下。」

「那妳們來學校吧。」李澤浩對她說。

「去學校幹麼啊？」夏豔槿一頭霧水，「你不會又有比賽吧？」

「反正妳們來一下就對了。」李澤浩丟下這句就掛了電話。

不需要跟黃麗瑄確認，夏豔槿也知道她一定想去。

「去學校？」但她還是問了。

黃麗瑄猛點頭，把護膝放進包包裡。

搭上公車，兩人找了靠後方的位子坐下。

黃麗瑄偏著頭，眉頭有些困惑的皺著，「妳覺得他找我們去學校做什麼？」

夏豔槿聳聳肩，「我怎麼知道，那個人古裡古怪的，說不定只是尋我們開心。」

「可是我好期待。」黃麗瑄溫柔的笑著，「妳不知道，只要能看見他，我就好開心。」

夏豔槿頷首，覺得心裡有點難受，不過如果黃麗瑄開心的話……那就這樣吧。

＊

公車搖搖晃晃的開到學校，下了車，夏豔槿傳了LINE給李澤浩。

「你在哪裡？我們到學校了。」

「體育館。」

「喔，那我們現在過去。」

體育館剛好位在校門對角線的最遠端，她們並肩走著，一路無話。

假日的學校一片靜謐，午後陽光靜靜的照在走廊跟樹梢，閃爍的光影讓人微微瞇起了眼睛，燥熱的秋風揚起她的髮絲，蟬鳴唧唧還斷斷續續的響著，像是要把夏末殘留的生命力悉數用盡。

走到體育館前，她們往裡頭看，室內沒有開燈，略顯黑暗。

夏豔槿掏出手機，想再LINE他。

李澤浩卻從她們背後出現，「妳們來啦！」

他身後還站著幾個球隊的人，也笑著跟她們打招呼。

「你在玩什麼把戲？」夏豔槿好奇的往體育館裡看，「幹麼要我們特地來學校？」

他推了推她，「進去看看？」

「好啊。」夏豔槿來了興致，「裡頭肯定有什麼名堂的……」

李澤浩走在她身邊，手背幾次擦過她的手，她看了他一眼，往旁邊站一些。

「妳離這麼遠幹麼？」他問，同時一把將她抓過去，「這裡。」

「哪裡啦？」

「我身邊。」

夏豔槿的腳步一頓，「你……」

「好，不要動。」

李澤浩忽然這麼說，夏豔槿原地站定，走進來的時候她一直看到地上有東西，可是光線太暗，實在看不清楚。

還在猜測那到底是什麼的時候，體育館內的燈光瞬間亮起，夏豔槿定睛一瞧，地上一圈一圈的東西原來是花，一把一把的花束圍成了一個圓，中間寫著：

「當我女朋友。」

夏豔槿愣愣的抬頭看他。

李澤浩牽起她的手，深情款款的注視著她的眼睛，「我一直喜歡妳，但妳總是迴避我，所以，請妳給個答案吧？當我女朋友好不好？」

夏豔槿的眼眶跟心頭都熱熱的，她知道黃麗瑄還在旁邊，但是，她捨不得拒絕。

李澤浩彎下腰，拾起了一束花，遞到她面前，「我不知道妳喜歡哪種花，但如果妳答應了，以後我會常常送妳的。」

夏豔槿愣愣的伸手抱住那束比她的臉還大的花束。

「答應我吧，球隊的人都在看，妳不答應我會很沒面子。」李澤浩半跪著身子，在她耳邊輕聲懇求。

她不知道該如何回應。該誠實說黃麗瑄也喜歡他嗎？還是，說她不想破壞三個人之間的平衡？

可是，她心裡的那股聲音，不停的吵著要回答Yes。

李澤浩握著她的手，見她沒有反應，深怕她拒絕，又握得更緊了一些。

夏豔槿垂下眼簾，想了好一會兒，終於點了頭。

能不能暫時不管其他的事情，只看眼前？她喜歡的人也喜歡她，而且這個人還這麼優秀，功課好，籃球打得好，長得又好看，她怎麼能拒絕？

李澤浩興奮的將她攔腰抱起，重重的在她臉頰上親了一下。

「謝謝妳！」

這一刻，她完全感染到他的喜悅，也很高興自己答應了他。

只是，心頭仍縈繞不去那最令她擔憂的問題。

如果黃麗瑄眞的當她是朋友，應該……可以諒解吧？

雖然她跟李澤浩交往了，但她眞的不是故意的。

黃麗瑄眼神空洞的看著眼前的兩人，包包裡的護腕似乎在嘲弄她，之前的一切只是場騙局。

那個人曾經說，她不喜歡李澤浩，說她跟李澤浩不熟，最後卻跟李澤浩在一起了。

黃麗瑄不知道自己應該先哭還是先憤怒？

當那個人跟著李澤浩一起走到自己面前時，她連脾氣都不能發。

因爲她不想在李澤浩面前失控，不想留下不好的形象。

即便她的心彷彿被人捅了好大一個窟窿，所有能量都快從這個缺口流失。

「對不起……」夏豔槿低下頭對她道歉。

黃麗瑄深吸了幾口氣，用力閉了閉眼，「恭喜。」

夏豔槿尷尬不已，她沒想到會面對這樣的場景，即便她不後悔接受李澤浩的追求，但是轉身看見黃麗瑄，她才眞眞正正的感覺糾結。

她張了張嘴還想說點什麼，卻不知道說什麼才對，她想誠實面對自己的感受，可是沒想到事情會變成這樣；雖然明白李澤浩可能對自己有興趣，也預料不到他竟如此大陣仗的向她當眾告白。

「我還有點事情，先走了。」黃麗瑄再也掩飾不了臉上的難過，轉身要走，夏豔槿卻喊住她。

「麗瑄，眞的，對不起。」

這次黃麗瑄沒有說話，直接離開了體育館。

夏豔槿望著她的背影，也覺得難受。

儘管她從來沒有想要傷害誰，但事情發展至此，她清楚讓黃麗瑄難過的人正是自己。

「我想回家了。」夏豔槿勉強笑了笑，「逛了一下午，好累。」

李澤浩有些不滿意，他還有很多計畫想跟她一起做，但是見她這樣無精打采，也只能同意。

回到家裡，夏豔槿躺在床上，想替這件事情找一個解套的方法，可是翻來覆去，腦袋裡只有一團亂糟糟的思緒，連個線頭都理不出來。

她翻身坐起，嘆了口氣，既然自己毫無辦法，就只能向外求援了。

她不假思索，立刻把事情的來龍去脈全LINE給了余書，同時還懷疑自己是不是有病，和李澤浩兩情相悅明明應該高興，可是怎麼滿心哀愁。

等了好一會兒都沒等到余書的回應，她只好拿著手機到客廳看電視打發時間。

沒多久，電話就響了，她以爲是余書，接起來才發現是李澤浩。

「喂？」

「妳在幹麼？」

「看電視。你找我有事？」

「沒事不能找妳？」李澤浩一貫的嘻笑。

她讓他的口氣逗樂，「沒事找我幹麼？」

「想妳啊。」李澤浩答得挺快，頓了一下又說：「剛剛看妳心情不好，怕妳後悔。」

夏豔槿輕笑了聲，「我是很想後悔，可惜也來不及，麗瑄都看見了，我怕以後我們當不成朋友了。」

「怕什麼？我就是妳的朋友。」

「是啊，那明年你畢業之後，也留下來陪我好了。」

「那有什麼問題？」李澤浩壓根兒沒當一回事，「妳放心吧，喜歡我的人太多了，我很有經驗，麗瑄只是一時難過，不會放在心上的。」

「是嗎？」

夏豔槿很懷疑，但又說不出哪裡不對。

在複雜的情緒之下，夏豔槿推說家裡有事，拒絕了李澤浩的約會。

其實她家裡哪有什麼事，大部分時間，她爸媽都忙於工作，以前還有奶奶能跟她一起吃晚餐，前幾年奶奶過世之後，家裡也沒人關心她了。

她躺在沙發上，手機又響了起來。

「喂？」

「小丫頭，遇到麻煩了？」余書的聲音溫和徐緩，像一股清澈山泉般從手機那頭傳來。

「余書！是你，太好了！」夏豔槿翻身坐起，「你說怎麼辦啊？」

「還能怎麼辦？除了順其自然也沒有其他方法了。」

「可是……」夏豔槿呼出一口鬱悶的氣，「她會不會討厭我啊？」

「當然會。」余書直截了當的說，「如果妳們角色互換，妳也會討厭她。」

「你幹麼這樣！」夏豔槿哀號，「你說我為什麼要腦子一熱……」

「妳喜歡他啊，不答應還能怎麼辦？」余書笑了笑，天外飛來一筆的問：「吃晚餐了嗎？」

「還沒，我哪有胃口。」夏豔槿沮喪的說。

「我餓了，陪我去吃飯吧。」余書淡淡的嘆口氣，「給我妳家地址。」

「你也心情不好？」

「我是好人做到底，送佛送上西。」余書又嘆，「不吃飯怎麼可以？」

夏豔槿懶洋洋的提不起勁，「不用了啦，你說的對，麗瑄不討厭我才奇怪……你覺得我買個禮物跟她道歉，她會原諒我嗎？」

「妳易地而處，覺得自己會原諒她嗎？」余書那頭傳來了像是鑰匙的金屬撞擊聲音，「我現在要過去了，妳最好把握時間換身衣服。」

這話的含意實在太多，夏豔槿的腦細胞瞬間警醒，「我們要去什麼地方？換衣服的意思是我必須穿正式一點嗎？」

余書邊走邊答：「只是讓妳換一身乾淨的衣服，有什麼事情值得妳把自己搞得髒兮兮的？沒有任何人值得妳把自己弄得像是流浪漢。」

「所以不是要去什麼必須衣著端莊的場合吧？」夏豔槿鬆了口氣，她現在完全沒心思講究什麼禮節。

「嗯。」

余書輕笑，「不是。去換吧，記得先把地址傳給我，我很快就到妳家了。」

夏豔槿掛了電話之後，立刻把地址發給余書。

余書開著車，趁著停紅燈的時候看了她家地址一眼。

還眞是滿近的。

一開始見到這小女孩，不過只覺得有趣，並沒多想，哪知道這年頭的高中生，居然可以發生這麼多事情。

他很喜歡夏豔槿的直接，大概是因爲在商場上，每個人說話都戴著一副面具，不得罪人是基本，最好還能順便討好。

但是夏豔槿這種直來直往的說話方式，不矯揉造作，也不咄咄逼人，讓人樂於親近，總覺得可以找回一點以前的單純天眞。

車子開過一個又一個街口，很快就抵達夏豔槿家門口。

余書傳了訊息給她，不一會兒夏豔槿就出來了。

她穿著余書那天買給她的那套衣服，一下就跑到車邊，拉開車門鑽入。

余書看了一眼她的穿著，「果然很適合妳。」

「是嗎？謝謝。」她一頓，又問：「對了，我們要吃什麼？其實我眞的吃不太下。」

「我知道，妳就當陪我吃飯吧，忙到現在，我不想一個人孤零零的吃東西。」余書裝可憐的功力竟也是頂尖的，「路上妳可以詳細的說一下整件事情。」

「其實大概就是我在LINE裡面跟你說的那樣。」夏豔槿望向他的側臉，「只是我覺得很奇怪，爲什麼喜歡的人跟我告白，到現在我還是一點高興的感覺也沒有。」

「也許妳並不是眞的喜歡他？」余書提出一種可能，「但也可能是，妳更在乎跟黃小姐的友情。」

「如果是這樣，是不是不管哪一種可能，我都做錯了？」夏豔槿悶悶的開口。

「我不覺得，事實上，我認爲所有事情都一定會發生。妳可以想想，自己能在其中學習到什麼？」余書把車子開進餐廳的停車場，找到車位之後又笑著說：「或者妳也可以想想，等一下要吃什麼？這是兩個一樣重要的問題。」

第二章

不經一事不長一智，有些事情非得自己走過才明白。

李澤浩大費周章向一個學妹告白的事情，很快就傳遍整所學校，甚至還有人拍了他們兩人相擁的照片上傳至臉書社團。

照片旁邊附註：校籃隊長終於找到眞愛。

夏豔槿看了眞是哭笑不得，意思是之前的都不算眞愛？這一句話打了多少人的臉啊！

李澤浩坐在她身邊，好奇的往她的手機螢幕看。

見到那張照片，他倒有點得意。

「妳擄獲了風靡全校萬千少女的我。」

夏豔槿噴笑，用手肘撞了撞他，「你要不要臉？這種話怎麼能自己說？」

李澤浩春風滿面，夾起便當裡的菜放入夏豔槿口中。

接近深秋，正午的溫度已經不再那麼灼熱，李澤浩端著便當，一敲下課鐘，就拖著夏豔槿躲到校園角落。

「這張照片一定是你們球隊的人貼的。」夏豔槿抱怨，「現在全校都知道我是誰了。」

「就算沒有這張照片，大家也很快就會知道妳是誰了。」李澤浩漫不經心的又說，「妳想想看，我之前那些女朋友，有哪一個妳不知道？我也省了報備的工夫。」

這句話不知道是得意還是無奈，夏豔槿沒有什麼心情理會他，吞下嘴裡的東西，才戳了戳他的手臂。

「你喜歡這樣的生活？」她頓了頓，「招蜂引蝶，吸引別人目光？」

李澤浩聳聳肩，「沒什麼喜歡不喜歡啊，習慣了。」

「喔……」

「妳不喜歡啊？」李澤浩轉過臉，「我以前的女朋友們，一個比一個喜歡找我自拍，然後PO臉書欸。」

「那是她們又不是我。」夏豔槿瞪他，開始有點不開心了，「你一直提你的前女友，她們這麼好的話，你們幹麼分手！」

「吃醋了？」李澤浩咧嘴一笑，她才知道他是故意這麼說。

夏豔槿別過氣鼓鼓的臉，「才沒有。」

李澤浩沒再逗她，兩人靜靜的吃了幾口飯。

「都好幾天了，麗瑄原諒妳了嗎？」李澤浩忽然又問。

因爲體育館告白這件事，圖書館的三人行已經少了黃麗瑄一陣子了。

夏豔槿垮下肩膀，「我看她大概這輩子都不打算原諒我了。」

「要不要我去試試看？」李澤浩提議，「說不定我去說她就原諒妳了。」

「這樣她到底是原諒我，還是原諒你？」夏豔槿低聲喃喃道，「不用了，我自己去跟她說就好，我覺得這樣比較有誠意。」

李澤浩聳聳肩，他一向不太在乎這些事情，說好聽點是專情，其實就是我行我素而已。他攬住夏豔槿的肩，「其實再過沒多久，我們就要上大學了，這些事情不需要這麼在意了吧？」

夏豔槿有些反抗的推了推他，「可是，她是我朋友。」

她的朋友已經不多了，稍微談得來的也就黃麗瑄一個，她眞的不想爲了這件事情跟黃麗瑄鬧得不愉快。

「妳們女生就是麻煩。」李澤浩雖然這麼說，也明白了夏豔槿的想法，「妳需要我幫忙的話，隨時跟我說。」

夏豔槿點點頭，心思已經飄到該如何向黃麗瑄道歉的事情上。

她琢磨了一下午，才想起那天一起逛街的時候，黃麗瑄似乎對可愛的小東西沒有抵抗力。

一下課，她先傳了訊息跟李澤浩說自己今天不去圖書館，就直奔附近的商圈。

她還記得那天黃麗瑄看過幾樣東西，但是沒買，如果她買來道歉，應該……有用吧？

隔天放學，她拿著道歉用的禮物，戰戰兢兢的在黃麗瑄班上的後門等她。

黃麗瑄本來跟別人嘻嘻哈哈的聊著天，轉頭一看見她，臉色就沉了下來。

她越過夏豔槿想要離開，夏豔槿有些尷尬的扯住她的手腕，「我有事跟妳說。」

夏豔槿跟李澤浩的合照被人貼在臉書上，現在全校沒有人不認識她。

黃麗瑄周圍的人多看了她幾眼，然後輕聲對黃麗瑄說了幾句話，就先走了。

「有什麼事情？」黃麗瑄的臉色依然不佳。

夏豔槿心裡早有準備，因此沒有被她的臉色嚇到，「我們……去別的地方聊？」

放學一段時間了，該走的學生都已經離開，這時候只剩三三兩兩的人在校園閒晃。

「嗯。」黃麗瑄率先走在前頭，一下就下了樓，走到一棵樹下。

「找我有什麼事情？」黃麗瑄帶著一點生疏的開口，一聽就是還在生氣。

夏豔槿把買好的禮物遞到她面前，「我知道妳生氣，所以特地來跟妳賠罪，對不起，我不是故意的。」

黃麗瑄挑眉，分明不太相信她。

她知道李澤浩要喜歡誰，不是她、也不是夏豔槿能控制的，但她就是氣面前這個人，總是說自己不喜歡李澤浩，最後卻答應了他的告白。

現在，還慎重的買了禮物來跟她賠罪？

夏豔槿見她沒說話，一時之間摸不準她的想法，只好又急急解釋：「我……其實我一直想跟妳說，可是我不知道怎麼開口，而且，李澤浩他也沒表示什麼，我自己開口好像有點自作多情……」

因為緊張，夏豔槿的話說得前言不對後語，但黃麗瑄還是釐清了她的想法。她抿著嘴看夏豔槿，伸手拿過那份禮物。

「這是……我昨天買的，那天逛街看妳好像很喜歡這個，所以我就買了……」夏豔槿深深吸了口氣，「其實，我是第一次這麼慎重跟人道歉，我也不知道該怎麼做才對。」

黃麗瑄拆開禮物，確實是她很喜歡的一條項鍊。

雖然好看，但要五百多塊，足足是她兩個星期的零用錢，她實在買不下手，現在卻放在她面前。

「妳喜歡嗎？」夏豔槿忐忑不安的探問。

黃麗瑄抬起臉看著她。眼前這人……是真心想跟她和好？

「嗯。」黃麗瑄點點頭，「喜歡。」

夏豔槿鬆了一大口氣，「那就好！那妳還生我的氣嗎？」

黃麗瑄瞪了她一眼，「如果妳不好好對待李澤浩的話，我就跟妳翻臉。」

夏豔槿愣了幾秒，然後笑出聲來。

「嗯。」

這次的彆扭，像是夏日的雷陣雨一樣，只陰霾了一會兒就煙消雲散。

*

黃麗瑄重回圖書館三人組的行列，李澤浩顯得很高興。

「妳看吧，」他推了推夏豔槿，「我就說麗瑄不會介意，她人這麼好。」

夏豔槿向他丟了把冷颼颼的眼刀，最好他有說過這些話，馬後炮還敢這麼大聲。

李澤浩沒理她，又找了黃麗瑄跟他們一起去吃晚餐。

三人才剛走出校門，一旁的人就撞了過來，夏豔槿看得很清楚，那個人就是瞄準自己撞的。

「對不起對不起！我不是故意的。」肇事者馬上道歉，一抬起頭看見是李澤浩，笑容立刻往上攀了一個檔次，「學長。」

夏豔槿看得目瞪口呆。

好演技好演技，原來李澤浩就是她看準人撞的原因，那幹麼不直接撞進他懷裡，撞她肩膀做什麼？

黃麗瑄湊近她耳邊輕聲說：「她是李澤浩的鐵粉，跟我們同屆，叫陳琳伶，聽說之前李澤浩好幾個女朋友都被她氣得不輕。」

氣得不輕？

夏豔槿看著那個正努力對自己男友送秋波的女生，想起剛剛平白無故被撞了一下，很能理解這句話的意思。

李澤浩只是對她笑笑，「好久不見。」

陳琳伶拉開了點距離，「是啊，我還以爲學長最近都在認眞念書。」

她說著，眼神有意無意的飄到夏豔槿身上。

看我做什麼？夏豔槿一頭霧水的反看回去。

「學長，不幫我介紹一下嗎？」陳琳伶抬頭，很無辜的瞅著李澤浩。

李澤浩這下有些頭疼，他之前的女朋友們不喜歡陳琳伶，他怎麼會不知道，但他既不想攪和進女生的明爭暗鬥，他也不覺得陳琳伶做了什麼值得她們大發脾氣，所以從來沒把這個人放在心上。

但是……

他看了夏豔槿一眼。

夏豔槿跟他之前交往過的對象不一樣，是他追著她跑，夏豔槿對他反而有些可有可無。

沒等到李澤浩開口，夏豔槿已經走上前去，落落大方的說：「妳好，我是夏豔槿，二年B班。」

陳琳伶有些錯愕，像是沒料到會有這一步棋。

李澤浩順著她的話音又說：「現在是我女朋友。」

夏豔槿瞥了他一眼，拉了拉他的衣服下襬，「走吧？」

李澤浩知道她跟黃麗瑄的習慣都是早點吃完晚餐，早點回去讀書，這樣才能多爭取一點時間休息，於是也不跟陳琳伶多說什麼，只寒暄一兩句就走了。

走了一小段路，他才有些不安的開口，「小槿，妳在生陳琳伶的氣嗎？」

夏豔槿一頭霧水，「她做了什麼我要生氣？」

黃麗瑄在一旁看著，忍不住笑彎嘴角。

李澤浩大概從來都沒搞懂他以前的女朋友爲什麼會討厭陳琳伶吧？所以才會一看到她出現就急著追問夏豔槿是不是生氣了。

「欸，晚餐去吃義大利麵吧，新開的，一份只要五十元。」黃麗瑄追上他們的腳步，笑嘻嘻的問。

「好啊。」夏豔槿點頭，想了想又接著開口問：「妳是不是很喜歡吃義大利麵？常看妳吃。」

黃麗瑄笑咪咪的頷首，她今天心情很好。

那個陳琳伶，接下來應該還有招吧？黃麗瑄不無惡意的這麼想著。

*

考完第一次段考之後，接下來的日子過得特別快。

圖書館三人組雖然雷打不動，不過夏豔槿卻有種時時遭人窺探的感覺，她總覺得是陳琳伶，但就算是她，又能怎麼樣？

例如現在。

夏豔槿站在洗手間門口，看見陳琳伶正在洗手，她頓了一下，陳琳伶轉身要出來，剛好跟她對上目光。

陳琳伶拋來明媚的微笑，彷彿一點都不意外撞見她，接著抬手朝她揮了揮，幾滴水沫濺上夏豔槿的臉，夏豔槿不確定陳琳伶是不是故意的，但等她回神，眼前早已經不見陳琳伶的身影。

她跟李澤浩說了這件事，但李澤浩也束手無策，只說圖書館本來就是誰都能來的地方。

可是接下來幾天，她總能在圖書館的不同角落看見陳琳伶，每次兩人眼神一交會，陳琳伶就會對她露出一種詭異的笑，弄得她都有些神經緊張，覺得陳琳伶肯定有什麼計畫，只是她沒有證據。

*

「下個星期的比賽妳準備好了嗎？」

夏豔槿正在對腳本，過幾天就是廣播比賽了，她一心想念新聞、大傳等相關科系，如果能在這個比賽拿下優勝，對她的推甄會有很大的幫助。

比賽的第一關是配音，第二關才是上機操作節目，後面這個她比較有把握，她社團選的就是大傳社，學校器材雖然簡陋，但簡單的操作她至少演練過。

夏豔槿放下手中的腳本，苦惱的對著黃麗瑄皺眉。

「準備不來？」黃麗瑄探頭看了一眼，「這是哪個片段？」

「是主辦方給我們的，每個人拿到的都一樣，最後再抽籤決定。」夏豔槿按著額角，「雖然角色的臺詞不難，但是有幾個我沒辦法掌握。」

「是喔……」黃麗瑄表示自己愛莫能助，「我對這個也沒辦法，幫不了妳，不然妳問問看學長？」

夏豔槿撇撇嘴，「他會的剛好是我最不需要的，我這輩子都不需要會打籃球。」

黃麗瑄笑起來，又看了眼時間。

現在是星期六下午，她們已經在速食店坐了三個小時了。

因為是高二，課業壓力還沒這麼大，但是高三的李澤浩就不一樣了，段考之後又緊接著模擬考，除了每天跟校隊練球的那一個小時之外，其餘的時間他幾乎都待在圖書館裡。

就連這麼珍貴的週六也是，李澤浩讓她們忙完之後再到圖書館找他一起吃晚餐。

「都快五點了，我們去找學長吃晚餐吧？」黃麗瑄問。

夏豔槿想了想，練習了一下午，喉嚨都啞了，再練下去也沒什麼好成績，於是同意了這個提議。

秋末傍晚，兩人身穿薄薄的外套，並肩往學校方向走。

「妳那份腳本有收好嗎？」黃麗瑄忽然開口問。

夏豔槿愣了愣，伸手進包包裡摸了兩下，「有，妳怎麼忽然問起這個？」

沿路有些小攤販，吸引黃麗瑄停下了腳步，她一邊拿起鑰匙圈賞玩，一邊說：「我看妳在上面寫了密密麻麻的筆記，覺得那應該是很重要的東西。」

夏豔槿隨著她的目光看了一下攤子上的東西，她大都沒什麼興趣，真的要買，她也不想在這裡買，所以就別開了眼，隨口回應：「嗯，雖然腳本不見了可以再印，不過上頭有很多我自己的註記，如果不小心弄丟了，會很麻煩。」

黃麗瑄在攤位上流連了一會兒，也不打算買什麼，就拉過她的手繼續往前走。

「眞奇怪，妳怎麼會對廣播這種東西有興趣？」

「好玩嘛。」夏豔槿勾勾脣角，又聳了聳肩，「就像我也不明白妳怎麼會對生物有興趣一樣。」

在圖書館外，她們才剛等到李澤浩，沒想到也等到了陳琳伶。

她衝著她們直笑，像是在炫耀什麼一樣。

夏豔槿有些無言，黃麗瑄則走上前去，「這麼巧？」

說這話當然就是想反諷她一番，哪知道陳琳伶反倒笑著說：「我也來圖書館念書，剛好碰見學長。」

夏豔槿有點想笑，這話任誰聽都知道是假的，是她臉皮厚，才能說出這樣的話。

李澤浩有些尷尬的站到夏豔槿身邊，自保的澄清：「我不知道……」

夏豔槿嗯了聲，湊在他耳邊問：「那現在怎麼辦？我們要去吃飯，可是我不想跟她一起吃。」

夏豔槿鮮少主動貼近他，卻因爲遇上陳琳伶，幾乎整個人陷在他的懷抱裡，她的髮絲散發出淡淡的香氣，飄過他的鼻尖。

「那我想辦法。」李澤浩模仿她的口氣，輕輕的在她耳邊回答。

他們的親密模樣，陳琳伶跟黃麗瑄都看在眼裡。

黃麗瑄笑了笑，退了一步，果然陳琳伶就上前了。

「學長，你晚餐想吃什麼？我們一起去吃吧？」陳琳伶像一點也不在乎夏豔槿還在，只顧著對李澤浩說話。

夏豔槿好氣又好笑，她對陳琳伶的了解又往上攀了一個層次，這個人也算是個豪放的女生，就是行為有點討人厭，如果她不是李澤浩的女朋友，大概也不會討厭她。

夏豔槿站在一邊看戲，反正剛剛李澤浩說他要想辦法，那她就等著瞧好了。

李澤浩乾笑兩聲，看了一眼明顯沒有插手意願的夏豔槿，只得摸摸鼻子，對陳琳伶說：「不好意思，我已經跟她們有約了。」

「沒關係啊，我跟她們說一聲，大家一起吃飯不是很好嗎？人多比較好玩。」陳琳伶轉頭面向夏豔槿跟黃麗瑄，笑咪咪的問：「一起吃飯好嗎？」

她這招通常沒有失誤的可能，畢竟大多數人都不想在男朋友心中留下難相處的印象，偏偏夏豔槿根本不吃這套。

既然她敢開口，夏豔槿也敢搖頭說：「不，我今天不想跟不熟的人一起吃晚餐。」她說得直接，這句話打了陳琳伶的臉，讓她臉色一下子刷白，像是不甘心，又像是讓人羞辱之後的憤怒。

李澤浩忍了一會兒，還是不小心發出噗哧一聲，他摟了摟夏豔槿的肩膀，對陳琳伶說：「既然小槿都這麼說了，那我們就改天再吃。」

黃麗瑄早料到夏豔槿一定會果斷拒絕，只是想先看看情況，也想看看李澤浩的反應，事情跟她預想的沒相差太遠，所以她不太意外。

黃麗瑄輕推夏豔槿，指了一邊的角落，「妳跟學長去那裡等我吧。」

夏豔槿見到她的反應，大概也知道自己說話太直接。從以前就是這樣，每次她說了什麼惹別人不高興，黃麗瑄就會出面幫她打圓場，其實都是一樣的意思，只是黃麗瑄總是能用更中聽的言語把人哄得服服貼貼。

所以夏豔槿也沒多想，拉著李澤浩就到一邊的樹下去等了。

「以前就常這樣？」

這個週末算是比較悠閒，三人到了一間能久坐、價位不算太貴的店家，才點好餐，李澤浩就忍不住問。

「嗯。」夏豔槿也不掩飾自己的直接，「每次我說錯話的時候，麗瑄都會幫我跟那些人解釋。」

黃麗瑄很樂意承受她的讚美，尤其是在李澤浩面前。

「那你之前也很常這樣？」夏豔槿指的是陳琳伶硬要跟來一起晚餐的事。

李澤浩頷首，「嗯……偶爾吧，不過我之前的女朋友都會說好。」話說到這裡，他又笑起來，朝夏豔槿膩過去，「學妹，我好喜歡妳啊，妳的直接太可愛了。」

夏豔槿朝他皺了皺鼻子，推開他，「你有事嗎？」

這時候，服務生送上了餐點。

三人默默吃了一會兒，李澤浩才又問：「對了，妳的比賽是什麼時候？」

「第一關是下星期三下午的社團活動時間。」說起比賽，夏豔槿的臉染上了一點緊張忐忑。

「那天我們模擬考。」李澤浩一臉可惜的看著她，「不然我就可以陪妳了。」

夏豔槿笑笑，不作聲。

「其實沒關係，我可以去。」黃麗瑄在一旁開口。

夏豔槿一愣，「妳不是有社課？怎麼能來？」

她因爲要比賽，所以有學校開的假條，才能光明正大的不上社課，黃麗瑄又不比賽，哪有辦法輕易脫身？

「反正我有辦法，妳等著我就對了。」黃麗瑄笑了幾聲，「不過那個比賽這麼大，如果到時候我混不進去，妳可別怪我。」

夏豔槿有些不安的看著她，不知道她打算用什麼辦法。

「但這是跨校的比賽，不知道其他人能不能進場。」

黃麗瑄點頭，「我會看著辦，要是主辦單位不讓非參賽者進場，那就算了，免得害妳失去資格。」

夏豔槿趕緊點了好幾下頭，她就是擔心這件事。

黃麗瑄揚脣微笑，表示自己知道分寸。

李澤浩見她們聊到一個段落，才開口問：「不過，麗瑄，妳跟陳琳伶說了什麼？我沒見過她像今天這樣好打發，妳教我，以後我也用一樣的方法跟她說。」

黃麗瑄擺擺手，「我哪有那麼多話可以跟她說，我只是說再鬧下去，你就不喜歡她了，她能用這種心態拿捏別人的反應，我當然也可以反將她一軍。」

這辦法不難，李澤浩一聽就笑了，「不過這些話只有妳能說，我跟學妹都不能說。」

黃麗瑄立刻就聽懂李澤浩的意思，夏豔槿則動了一陣子腦筋，還是不太明白的問：「爲什麼啊？」

李澤浩笑睇了眼，「妳說這些話她不會相信，我說她就更不可能信了，只會覺得我在趕她走。」

夏豔槿挑眉，看著他不正經的表情，覺得他只是在胡說八道而已。

「你就掰吧，我看連麗瑄都不相信你。」

李澤浩也不跟她爭辯，只是拿起叉子戳了一塊小炸物餵進她口中。

「奇怪，別人都搶著喜歡我，只有妳，總覺得我在騙妳。」李澤浩隨口說。

夏豔槿沒當一回事，倒是一旁的黃麗瑄聽見這句話，淺淺的笑了。

就是這樣你才喜歡她。

吃完晚餐，李澤浩跟朋友約了打球，儘管黃麗瑄傾向跟著去看，但夏豔槿還是很堅持的拖著黃麗瑄去逛夜市。

黃麗瑄爲此感到有些不滿，但如果她堅持去看夏豔槿的男朋友打球，似乎又顯得意圖不單純。她對自己都說不過去。

「妳今天怎麼突然想要逛夜市？」黃麗瑄問。

夏豔槿嘻嘻一笑，「我前兩天來買宵夜的時候，看見一個東西很適合妳，但是考慮到這個東西天天要用，所以就想帶妳來看。」

黃麗瑄一頭霧水，「什麼東西？」

夏豔槿拉著她在人群中穿梭，然後停在一間小店前。

「妳的手錶不是壞了嗎？」夏豔槿看了看她有著明顯曬痕的手腕，「這家店的東西很可愛，而且也不常見，很特別。」

「不過……」黃麗瑄打量著這間藏身在夜市中的雜貨小店，「這種店賣的東西都不便宜吧？」

「沒關係，就當……」夏豔槿斟酌了一下用語，「聖誕節禮物。」

黃麗瑄噗哧笑出聲，「現在離聖誕節還很久。」

「有需要就先買了。」夏豔槿推推她，「妳也知道我不擅長挑禮物，所以妳就別跟我計較了，先選一個吧，還能……能替我省點工夫。」

她一句話都說得結結巴巴了，如果黃麗瑄還繼續跟她爭論，那她就眞的想不出該怎麼應對了。

余書提醒過她的事情她記得，可是這家店的東西眞的很適合黃麗瑄。

夏豔槿推著她的背，往店內前進，「不然妳先看看吧，不喜歡再說。」
黃麗瑄頷首，推開了精緻的木門。
店裡的商品可說是琳瑯滿目，這年頭很流行這種特色小店，幾只擺在檯面上的手錶確實也很可愛。
黃麗瑄一一拿起來看了看，價錢雖然比她想像中便宜，但也夠她存好幾個月的了。
夏豔槿仔細觀察著她的神情，發現她的目光在其中一只雕著紳士兔的手錶上流連不去。
「就這只吧？」夏豔槿眨眨眼，「我去結帳。」
「等等……」黃麗瑄拉住了她的衣襬，「這樣不太好。」
她雖然家境不好，但也沒有窮到要賣自尊心。
夏豔槿很苦惱的看著她。
「那個，其實我一直不知道怎麼交朋友才好，也不知道這麼做對不對，可是……」夏豔槿遲疑了一下，「如果妳覺得好看，我們就不要計較太多有的沒的事情了？」
錢對她來說是身外之物，如果一點點小錢可以讓黃麗瑄高興，她覺得很值得。
黃麗瑄一直都知道夏豔槿是個很直接的人，不太懂得猜測別人的想法，既然夏豔槿現在這麼說了，心裡肯定就是這麼想的，但她就能夠坦率接受嗎？
趁著黃麗瑄還在考慮，夏豔槿已經拿了東西結好帳回來。
黃麗瑄只能無可奈何的收下，送出禮物的夏豔槿絲毫沒有察覺黃麗瑄的爲難。
「我很感謝妳，可是……」黃麗瑄嘆了口氣，「下次不要再這樣做了，收了這麼貴的東西，我心裡過意不去。」

夏豔槿琢磨了一會兒，點點頭，「我只是覺得這個東西妳一定會喜歡。」

黃麗瑄嗯了一聲。

她們兩個人在意的事情根本不在同一個點上。

*

黃麗瑄拿著手錶回到自己家的時候，在門外遇見了一個人。

雖然是意料之外，卻沒有令她太驚訝。

「妳怎麼在這裡？」

「上次說好了，妳會告訴我夏豔槿的弱點。」陳琳伶站在黃麗瑄家門口，「只是我沒想到，妳居然住在這樣的地方。」

陳琳伶的眼光往周遭掃了一圈，「這附近的治安好嗎？這裡看起來很⋯⋯」

黃麗瑄哂笑，「很破爛是吧？」

陳琳伶沒有應聲，但眉目之間完全不掩飾嫌棄的神色。

「看妳人還好好的站在這裡，就知道附近的治安算得上好了。」黃麗瑄拿出鑰匙，「進來吧，我家沒人。」

陳琳伶搖頭，「不用了，妳把事情簡單告訴我，說完我就走。」

黃麗瑄沒什麼情緒的勾了勾嘴角，「好吧，那就幾句話。下週三夏豔槿要參加一場比賽，她很重視，妳如果有辦法，可以去找她麻煩。」

「就這樣？」陳琳伶有種吃了大虧的感覺，「其他資訊呢？」

「沒有。」黃麗瑄冷冷的笑了笑，「妳要是不滿意就去找其他人打聽。」

她對夏豔槿確實仍心存不滿，儘管口頭上說原諒她，但心裡就是有個疙瘩，對夏豔槿毫不猶豫的答應李澤浩的告白感到憤怒。

夏豔槿嘴巴上說得這麼好聽，其實都是騙人的吧？

儘管如此，也不表示她會跟陳琳伶站在同一邊。

陳琳伶打量她的神色，噘起嘴，卻呵呵的笑了，「奇怪，妳明明也喜歡學長，爲什麼能接受夏豔槿？妳該不會也在偷偷計畫什麼吧？」

黃麗瑄笑開了臉，「妳省點力氣吧，我不會跟妳站在同一陣線的。」

陳琳伶的動機一下子就被黃麗瑄識破，有點掛不住面子，「爲什麼？」

「沒有爲什麼。」黃麗瑄轉身，「我要進去了，妳想繼續待就待著吧，但是聽說前面的公園……」她抬手指著不遠處，「聽說那裡發生過強暴案，如果不想有什麼意外，妳最好不要一個人留在附近。」

讓黃麗瑄這麼一恐嚇，陳琳伶臉色都青了，雖然嘴上沒說什麼。

「我不懂，我眞的不懂。」

「無所謂，我懂就好了。」黃麗瑄微微勾起一邊嘴角，「妳費盡心思趕走了這麼多他的女人，難道李澤浩就會跟妳在一起？這是不可能的，他只會討厭妳而已。」

陳琳伶垂下眼。這些她怎麼會不知道，可是只要看到李澤浩跟其他女生在一起，她就會嫉妒得失去理智。

「欸，妳要不要加入我們的LINE群組？」陳琳伶忽然開口問。

「啊？」她皺起眉，「什麼群組？」

「反女朋友。」

陳琳伶這麼回答，黃麗瑄很快反應過來。

反女朋友群組啊？

「好。」她答應陳琳伶，「妳加我吧，有我的ID嗎？」

「沒有。」陳琳伶立刻掏出手機，「順便把手機號碼給我吧，這樣有事要找妳比較方便。」

黃麗瑄拿過她的手機，淡淡的說：「妳別打我的主意，我雖然加入，但不表示我會幫妳做任何事。」

陳琳伶滿不在乎的聳聳肩，「無所謂，等到學長跟夏灩槿分手，妳……」

「就沒有價值了。」黃麗瑄接了話，然後把手機還給她，「號碼已經加進去了，妳愛幹什麼我不管，但是不要把我扯出來。」

「那妳要多給我一些有用的訊息。」

黃麗瑄皮笑肉不笑的扯扯脣，「妳快走吧，再見。」

＊

比賽當天，夏豔槿還沒看見黃麗瑄溜進會場，倒是先遇到陳琳伶。沒有李澤浩在場，陳琳伶一點好臉色也不給她，轉身就走了。

夏豔槿雖然覺得有點莫名其妙，但因爲準備比賽更重要，就先把這件事放下了，否則照她看來，她們沒有必須交惡的理由。

抽了號碼牌，夏豔槿一個人窩在角落，拿著腳本複習臺詞跟情緒，念了一會兒，始終靜不下心，乾脆收起腳本去上廁所，順便走一走透透氣，沒想到才剛站起來，就跟路過的人撞了滿懷。

她還沒說什麼，那個人居然先罵了她一句。

也是啦，她這樣無預警的站起身……

「對不起啊。」

夏豔槿道歉，發現對方根本沒打算理她，她看了看那個人，穿的是別校的制服，大概是因爲比賽的關係，臉色很難看，就算聽見她的道歉，卻連正眼也沒瞧她一眼。

夏豔槿心裡雖然不高興，但說到底是自己不好，也就不想在這個緊要關頭引起什麼紛爭，轉身就走了。

平白無故發生了這件小事，讓她心裡有些不安。

離開洗手間，又在走廊下透了一會兒的氣，她才回到原本的位子上。

夏豔槿想拿出腳本再複習一下，這才赫然發現一直放在包包裡的腳本不見了！

她慌張得不知該如何是好，就算她帶著存了腳本檔案的隨身碟，但這當下她要去哪裡印？而且就算重新印了一份，本來那份寫著那麼多註記，重新印的又怎麼會有？

「嘿！如何？有沒有什麼我能幫忙的？」黃麗瑄從後頭拍了一下她的肩膀，卻見到她一臉驚慌失措的模樣。

「怎麼啦？」她連忙問，「妳臉色怎麼這麼難看？」

「我的腳本不見了！」夏豔槿不敢聲張，但壓低的音量還是透露出濃濃的緊張，「怎麼辦？」

黃麗瑄倒抽了一口氣，「妳確定？沒有掉在桌子下還是哪裡？」

「沒有，我都找過了。」夏豔槿急得眼眶發紅，「我剛剛看見陳琳伶，會不會是她拿走的？還是我去找她問問看？」

黃麗瑄搖搖頭，眼神不斷掃視四周，「如果眞的是她拿走的，她也不會承認；如果不是她拿走的，妳去找她不是浪費時間嗎？妳手上有沒有檔案，再印一份出來。」

「我有隨身碟。」夏豔槿把掛在鉛筆盒上當成吊飾的隨身碟拆了下來，「可是要去哪裡印？電腦教室？」

黃麗瑄微微一瞇眼，伸手接過隨身碟，「太遠了，來不及。我幫妳拿到教師辦公室，隨便找個老師幫忙就可以印出來。」

夏豔槿這時哪沉得住氣留在原地等，「我跟妳去！」

「不用，妳在這裡等，我一定快點回來，那之前如果叫到妳……」黃麗瑄深吸了一口氣，「妳快趁現在想想辦法。」

話一說完，她握著隨身碟，轉身就跑走了。

夏豔槿只能獨自站在原地乾著急。

比賽的時間很快就到了，她聽著叫號聲，心裡越來越緊張。

她的號碼算是中間偏後，但每一個參賽者進去配音間只能待三分鐘，號碼再怎麼靠後，也沒有多少時間緩衝。

她焦急得絞著手指，心想如果等一下輪到她，就去跟前一個人借腳本，雖然人家可能不願意借她，但總比什麼都沒做好！

這時候，黃麗瑄從人群那頭鑽了過來，氣喘吁吁的把一疊紙交到她手上。

「是這份吧？」

夏豔槿迅速的翻了翻，「對！」

黃麗瑄鬆了一大口氣，「幸好趕上了，剛剛辦公室裡一個老師都沒有，嚇死我了。」

夏豔槿感動得不得了，之前她還怕黃麗瑄不肯原諒自己，和她互動時總是有些小心翼翼，沒想到緊要關頭還好有她，幫了她一個大忙。

「謝謝妳！」夏豔槿不知道該說些什麼，這個當下她才知道，原來除了謝謝，沒有更好的話語能表達她的感受。

黃麗瑄抬手抹掉額上的汗，「還好我有來，妳趕快去準備吧，新的腳本不用再註記什麼了嗎？」黃麗瑄拍拍她的背，「我是偷溜出來的，得先走了，妳沒事就好，晚上再跟我們說事情的經過。」

她說完，又一溜煙的跑了。

夏豔槿這時也無心推敲事情是怎麼發生的，只能先專注在眼前的比賽上。

只是，臨時出了這樣的意外，她一時之間也靜不下心來，最後索性連註記也不寫了，決定到時候臨場發揮。

沒多久就叫到她的號碼，夏豔槿深吸一口氣走了進去。

「後來呢？」黃麗瑄坐在她對面，瞪圓了眼睛盯著她瞧。

發生了這種事，兩人哪有心情待在圖書館念書，而李澤浩要準備隔天的考試，沒辦法陪她們兩個，吃了晚餐就趕回去做題目。

他不在才好，她跟黃麗瑄說這件事就用不著避諱了，更自在。

「反正我也不記得進去之後說了什麼，就是把抽到的橋段都念完，然後就出來了。」夏豔槿手撐著臉，嘆出一口長氣，「聽說後天會公布有沒有進入第二關。結果怎麼樣，到時候就知道了。」

語畢，她把加點的布丁推到黃麗瑄面前，「點給妳的。」

「喔，謝啦。」黃麗瑄沒有拒絕，拿起湯匙又問：「那妳今天說看到陳琳伶是怎麼回事？爲什麼妳會懷疑腳本是她拿走的？有什麼證據嗎？」

夏豔槿苦惱的皺起眉，「我不知道，只是我剛好在比賽現場碰見她，她又討厭我，所以我才把兩件事情聯想在一起。」

黃麗瑄搖搖手指，「那不行，妳只是聯想，什麼證據都沒有，她肯定不會說實話。」

夏豔槿無奈嘆息，「其實我一點都不明白，她爲什麼這麼討厭我？難道她討厭李澤浩的每一任女朋友嗎？」

「怎麼不可能？」黃麗瑄淡淡的哼了聲，「她如果講道理，從一開始就不會討厭妳。」

「妳說的也對。」夏豔槿頹喪的垂下雙肩，「看來這件事只能認栽了，我什麼證據也沒有，就算有，也不能對她怎麼樣。」

黃麗瑄看著她苦惱的樣子，若無其事的拿起飲料喝了一口，順帶遮掩了自己脣邊泛起的笑意。

*

比賽成績出爐了，夏豔槿是吊車尾進入第二關的。

她反覆想著，如果沒有發生腳本被偷的事，她的成績會不會更好一點？

老實講，她也沒有全然把握，雖然那件事的確影響了她的情緒。

李澤浩不知道事情背後的曲折，得知夏豔槿闖入了第二關，他非常欣喜，握著她的手直說要幫她慶祝。

夏豔槿看著他欲言又止，卻覺得沒證據不該隨意汙衊人，只是她心裡還是覺得委屈……腦袋的思緒亂得像纏成一團的毛線，弄得她也不知道是否該對李澤浩全盤托出。

她不想當一個只會糾結於小事的女朋友，拿不出眞憑實據，說了也是白說，因此她只對男朋友說還要回社團多熟悉機器，就落荒而逃了。

連李澤浩在後頭叫了她好幾聲，她都裝沒聽見，跑得飛快。

但眞正坐在機器前的時候，她又煩悶得做不了事。

待了一會兒，她還是投降的往教室外走，靠在牆上，拿起手機傳訊息給余書。

「我進入第二關了。」

晚上六點半，不知道他是不是正在吃飯？或者還在工作？

片刻，余書的訊息傳來，先是一張貼圖，然後才是一串文字訊息。

「恭喜，事情解決了？」

「也沒什麼解決不解決，我本來就沒有證據。」

夏豔槿停了一會兒，看著那貼圖，總覺得像見到余書笑咪咪的桃花眼。

「你還在忙嗎？我可以去找你嗎？」

她迫切的需要找人聊一聊，但那個人不能是李澤浩，她又不想麻煩黃麗瑄，怕這樣的情緒會帶給她困擾，因爲她們已經討論過，都無計可施了。

說想聊一聊，其實更像是想抱怨……

「我還要一陣子才有空，妳要來的話，知道我公司在哪裡嗎？」

「我知道，我過去找你，可以順便買晚餐給你吃。」

知道余書晚點有空見她，夏豔槿的心情立刻愉悅了許多。

要是能跟余書聊聊，情況想必會比現在好得多，至少他看事情的高度跟她不一樣，也許有新的突破點。

她收拾好東西，打電話叫了輛計程車，報上一串地址後，手機響起了提示音。

余書的訊息又傳來了。

「不用，我們去外面吃，妳先過來吧。」

這串訊息後面還跟著一串地址，想來是余書怕她不確定他公司位置，特地傳給她的資訊。

＊

黃麗瑄跟李澤浩並肩往配音教室走。

他的臉色不太好看，剛剛才從黃麗瑄那裡得知，原來比賽時還有這麼一段插曲，他火氣瞬間上湧，既氣陳琳伶胡鬧，也對夏豔槿不信任他的態度感到失落。

他……始終不是她心裡相信而且依賴的人嗎？

他能保護她，她不相信嗎？

李澤浩腳步匆促的想去找夏豔槿，半路卻遠遠瞥見她背著書包，正要離開學校。

他喊了她幾聲，但夏豔槿一直低頭盯著手機，一句也沒聽見。

李澤浩正想轉頭對黃麗瑄說他自己追上去就好，竟看見夏豔槿已經坐進了計程車內。她要去哪裡？

李澤浩與黃麗瑄相視一眼，攔下後頭另一輛車也跟了過去。

一路上兩人沒有說話，下車後，見夏豔槿走進附近的商辦大樓，他們也想跟著進去，卻被警衛攔下。

李澤浩悻悻然的從電梯前離開，邊走還邊回頭，他看著顯示面板上的數字不斷變換，最後停在了十四，但他卻無可奈何。

鬱悶的跟黃麗瑄從大樓走了出來，暗下的天色，好像暗示著什麼一樣。

夏豔槿根本不知道他們追著自己來了，出了十四樓之後，辦公室內只剩下零零星星的幾個職員，她也分不出職位高低，只好隨便抓了一個人詢問余書在哪裡。

她的探問似乎令職員略感意外，正想多問什麼，余書已經從自己的辦公室走出來。

他穿著白襯衫，西裝外套輕鬆的攬在臂上。

「妳來了，我在裡面聽見妳的聲音。」余書走上前，轉頭看向那名職員，有些詫異，「你怎麼還在？」

夏豔槿的眼神在他們面上游移，就聽見那名職員說自己也要走了。

「那我們就先走了。」余書沒什麼管理階層的架子，伸手拍了拍對方的肩膀，「早點回家。」

夏豔槿對著那人微微笑了笑，跟著余書走出大門。

「怎麼忽然想找我？」等電梯的時候，他拉鬆了領帶，「發生什麼事情了？」

夏豔槿兩眼發直盯著他，注意力被他鬆開領結的流暢動作完全吸走。

眞是……亂帥一把的。

余書遲遲沒聽到她回話，伸手在她茫然的眼前揮了兩下。

「發什麼呆？」

夏豔槿的眼睫眨動兩下，然後猛力搖了搖頭，試圖隱藏自己怦然的小心思。

「沒有，沒事不能找你嗎？」

余書睨了她一眼，笑了出聲，「可以，不過妳要不要收拾一下妳的表情，妳的臉看起來……」他伸出修長的指頭，沿著夏豔槿的臉畫了一圈，「圖文不符。」

夏豔槿笑了下，電梯門剛好叮的一聲打開了，兩人搭電梯直抵一樓，徒步走到余書公司附近的餐廳用餐。

「我只是不知道要怎麼跟李澤浩說這件事。」

兩人點好了餐、菜色也上齊，夏豔槿才又繼續訴說她的困擾。

有關陳琳伶的事，她能夠很坦率的跟余書或黃麗瑄說，卻不知道該怎麼對李澤浩開口，在這個關頭，她居然無法判斷自己應該先計較哪件事情才對，她一方面擔心到了決賽時，陳琳伶又來搗亂，一方面也對自己無法跟李澤浩坦承感到有壓力。

余書聽了之後，只緩緩的往她面前的杯子斟滿了薄荷茶。

窗外的燈光橙黃，時間還不算太晚，他們坐在靠窗的位子，可以清楚看見外頭行人來來去去，以及雨絲順著玻璃蜿蜒曲折的流下。

「解決陳琳伶那件事的方法我倒是有。」余書說著，看她露出期盼的雙眼，「有些人就是欺善怕惡，妳不強硬一點，她就當妳好欺負，所以下次看見她，妳要是躲不過就狠狠瞪她一眼。」

夏豔槿笑起來，「她又沒做什麼事情，瞪她做什麼？」

「用氣勢嚇跑她啊。」余書理所當然的說，「這叫做先下手爲強，反正瞪她一眼，妳又不吃虧。」

「我們就不能好好的當陌生人？」夏豔槿忽然有了鬥嘴的心情，「誰想跟她鬥？」

「妳想得美。」余書伸手在她腦門上敲了一下，「妳搶了她最喜歡的東西，還想跟人家當沒有利益關係的陌生人？好處都讓妳占走了。」

夏豔槿是直率，但不是傻，余書這麼一說，就消滅了她心中僅存的一點點掙扎。

「好吧，我知道了，這個方法我會視情況使用。」夏豔槿看著他，眼裡閃著晶光，「那……李澤浩這件事呢？」

「這件事我幫不了妳。」余書淺淺的彎了彎嘴角，似笑非笑，「我認爲他也沒做錯什麼事，如果妳想繼續下去，也許該調整的是妳的心態。」

夏豔槿一臉茫然的看著他，似乎可以理解他的說法，卻又有些無奈。僵持了幾秒之後，夏豔槿噘嘴，「可是，這就是我的問題啊……」

余書被她這種小女孩的神態惹得哭笑不得。

「那妳又要問，又不肯改，我能怎麼辦？」余書問她，「當然，我是妳的朋友，可以聽妳說話，但是對妳並沒有幫助。」

夏豔槿蹙著眉頭，陷入思考。余書收回目光，靜靜的吃著面前的東西。

「你們在幹麼？」

桌邊傳來了冷冷的問句，夏豔槿下意識的抬頭，看到的卻是李澤浩生氣的臉。

她尷尬的看了看他，又看了看站在後面的黃麗瑄，最後又有些手足無措的朝余書投去求救的目光。

才想開口解釋，余書已經認出了面前這個男孩就是那天在冰店拉住夏豔槿的人。

「你好，我是余書。」他先起身，朝李澤浩伸出手，「我們之前見過一次。」

李澤浩看著男人，剛剛壓下的火氣又燒了起來。

他如此自然大方，舉手投足都散發著一股自信，李澤浩從來不覺得自己比不上別人，可是在這個男人面前，就覺得自己硬生生矮了一截。

李澤浩頂著一張鐵青的臉，伸手握了握余書的手，「你好。」

「坐，豔槿有事找我，剛好我還沒吃飯，所以就邊吃邊聊。你們吃了嗎？一起吧。」他舉手招來了服務生，要了一份菜單跟兩杯水。

余書怎麼會看不出眼前這男孩的情緒，因此幾句話就把事情解釋清楚，又方方面面的把事情都周全了，殊不知，就是這樣的舉動，讓李澤浩更加不悅。

一股完全被比下去的自卑感在他胸中蔓延。

夏豔槿後知後覺的問：「你們怎麼也在這裡？」

「我們剛剛去配音教室找妳沒找到，就一起出來走走。」黃麗瑄反應快，立刻替李澤浩開了口。

余書這才注意到她。

這女孩長得文文靜靜，但眼神卻有些狡詐。

「妳是麗瑄？豔槿跟我提過妳，坐下來一起吃吧。」余書對她露出禮貌的微笑，「想吃什麼盡量點，沒關係。」

黃麗瑄看了看夏豔槿臉上的神情，似乎並不反對，又瞄了明顯一肚子心事的李澤浩，她在腦子裡飛快的轉了一圈，然後接受了余書的邀請。

「好啊。」

四人的座位，最後還是李澤浩坐在余書身旁，夏豔槿坐在李澤浩的對面。

余書怕他們客氣，當他們還在看菜單的時候，已經先爲兩人各點了一杯飲料，還有一份炸物拼盤。

李澤浩的臉色還僵著，一句話也不肯說，夏豔槿仍有點搞不清楚狀況，一桌四個人，就剩一個置身事外的余書和一個鎮靜的黃麗瑄吃得下東西。

余書絲毫不受凝滯的氣氛影響，不疾不徐的吃完了餐點，拿起面紙擦了擦嘴後才開口。

「我都聽豔槿說了，比賽那天謝謝妳幫她這麼多。」余書淺笑看向黃麗瑄，「今天妳還陪朋友來找豔槿，真是太麻煩妳了。」

黃麗瑄搖搖頭，回道：「應該的，小槿也幫了我很多忙。」

氣氛一時間有些微妙，夏豔槿正要張口，又聽見黃麗瑄繼續說：「不過你們交情一定很好，小槿還放下練習，特地來跟你吃飯。」

這段話裡的暗示恰到好處，已經足夠讓人想入非非。

余書定睛看著黃麗瑄，瞬間就判斷出這個女孩子是故意這麼說的，儘管她看起來是如此無心。

黃麗瑄笑了笑，像是想掩飾什麼，端起面前的飲品啜了一口，她在心裡對自己說：只有一眼是看不出什麼的。

夏豔槿僵坐著，手指在桌下不安的扭動，尷尬的感覺令她渾身不舒服。

她倏地站起身，面無表情的說：「余書，反正今天這樣也沒什麼好聊的了，那我就先走了。」

余書怔愣，不多久就笑了出來。

夏豔槿是真的沒有察覺到黃麗瑄的攻擊性，還是假裝不知道而已？

只是不管哪個可能，此刻都不是討論的好時機。

夏豔槿當然讀不出余書內心的思緒，她惱怒的是李澤浩他們兩人爲什麼要跟來？此時的她不想顧慮別人，只希望能好好和余書說說話。

「有什麼好笑的？」她心情不佳，一不小心就遷怒到余書身上了。

余書用含笑的眼睛睨她，擺擺手，不打算當下挑明，「看樣子妳的朋友應該也吃飽了，不如我送你們回去吧？」

「不用，我們還有別的話要說。」李澤浩搶在前頭說。

夏豔槿眼光看了過去，偏著頭，一臉困惑。

她這個表情又把余書給逗笑了。

這小丫頭跟男朋友怎麼可以這麼沒默契？難怪對方要生氣。

余書順著李澤浩的話，「好，那你們回家小心點。」然後又看了夏豔槿一眼，「到家說一聲。」

夏豔槿頷首。

李澤浩咬牙看著他們之間的互動，隱忍許久的怒氣終於爆發。

「你們到底是什麼關係！」他大吼一聲，拍桌站起，瞪著余書的神情像是下一秒就會把拳頭招呼到他臉上。

夏豔槿被他失控的舉止嚇得縮了一下肩膀。

余書一直掛在臉上的笑容也收了起來。他整了整衣服後起身，冷冷的說：「不好意思，借過。」

李澤浩不知道他想要做什麼，但還是讓了路。

余書站到夏豔槿面前，沉下臉，「豔槿對我來說，就是一個妹妹，我不知道我跟我妹妹吃飯還需要跟誰報備，跟誰解釋。」

夏豔槿沒料到他們會忽然吵了起來，愣在一旁不知道該怎麼辦。

「豔槿，走了，回家。」

余書並沒打算給李澤浩臺階下。

他能原諒因為年輕而犯下的錯誤，卻不能忍受他話裡藏著對夏豔槿的不信任。是，他是偏袒護短，誰教他跟李澤浩只相處了不到半小時。

「可是……」夏豔槿有些猶豫，就算她性子直率，也明白如果她就這麼跟余書走了，李澤浩肯定會大發脾氣。

余書不意外的看著她的躊躇不定。

「小槿。」黃麗瑄出聲打破了僵局，對她招招手，「妳來一下。」

夏豔槿的目光在余書跟李澤浩之間游移，雖然有些放心不下，還是先跟著黃麗瑄走到一邊說話。

「妳先跟妳朋友回去吧，我看學長今天心情不好，你們一起回家說不定會吵架。」黃麗瑄安撫的對她笑了下，「我等一下跟他一起走，先勸勸他，不管你們要談什麼，都要冷靜下來再談比較好。」

夏豔槿點點頭。她明白黃麗瑄說的道理，只是有點放不下心。

「放心吧，我會幫妳。」黃麗瑄看向李澤浩，「等一下我會請他過來，妳就趁機跟妳朋友離開吧。」

「嗯……」

＊

李澤浩跟黃麗瑄安靜的走著。

這幾日天氣已經轉涼，走了一段路，黃麗瑄身上出了汗，冷風一吹，打了個噴嚏。

這個噴嚏讓李澤浩從糾結的思緒裡回過神來，看著一直跟在身邊的女孩，嘆了口氣，脫下外套披在她肩上。

黃麗瑄沒有拒絕，對李澤浩點點頭，道了聲謝，用手攏緊外套領口。

「學長，你心情好點了嗎？」她問，同時偷偷覷著他的表情。

李澤浩苦笑。女朋友被別的男人帶走，他要多寬容大度才能不火大？偏偏他這一發火，顯得更加幼稚，跟那個余書一比，明顯落了下風。

只是他明白這些事情跟身邊的女孩無關，因此只能努力收起抑鬱的情緒，「沒事，剛剛是不是嚇到妳了？」

黃麗瑄連連擺手，「沒有，我知道你心情不好，原本你想幫小槿慶祝，偏偏她拒絕了，然後又看見她跟另外一個男生約會，換作是誰都會感到生氣的。」

李澤浩彎了彎嘴角，似是在嘲諷自己，「要是小槿能跟妳一樣懂我就好。」

黃麗瑄抬起手，想了想，還是輕拍了他的臂膀。

「小槿個性比較直接，不像我想比較多，這麼短的時間，她當然想不明白。」黃麗瑄不輕不重的替夏豔槿辯解幾句，根本沒打算解開李澤浩對夏豔槿的怨懟，自然也不會說清楚是她建議夏豔槿跟余書走的。

李澤浩聽了這些話，果然又沉下臉來。

「這不是想不想得通的問題，而是她心裡根本就沒有我，否則怎麼會跟著余書走？」李澤浩越說火氣越大，卻又重重嘆了口氣，「妳不知道，小槿是我第一個主動追求的女生，我一點把握都沒有，我不知道她心裡到底是怎麼想的，只覺得她對我總是不冷不熱，好像有我沒我都無所謂。」

黃麗瑄望著他苦澀的神情，感覺心裡有一處被狠狠的擰了起來，痛得她不能呼吸。

這個人，本該受眾人仰慕，是校園裡最閃亮的一顆星星，爲什麼會變得這麼狼狽？

她硬生生忍下了沒說出口的話，笑著安慰，「沒事的，那個余書不是也說，他把小槿當成妹妹，兩個人年紀又差這麼多，小槿不會喜歡他的。」

李澤浩重重一嘆，「其實我也知道，只是看見他們在一起就是不高興。」

黃麗瑄淺笑，「好啦好啦，我們籃球隊長吃醋了，所以才會發這麼大的脾氣。」

她一說破，李澤浩有些不好意思抓抓後腦勺。

「眞是的，我以前都搞不清楚女生爲什麼吃醋，現在才知道這味道太苦了。」

「說開就沒事了，其實我覺得小槿根本沒搞清楚發生什麼事情，所以你明天再好好跟她說就是。」

「憑什麼要我先低頭？」李澤浩口氣不善，「讓她等吧！」

黃麗瑄嗯了聲，心底卻在想另一件事。

剛才在餐廳，余書看她的那一眼，她仍然有些介意，但又懷疑是自己多慮了，也許那個余書根本沒有什麼想法，她只是自己嚇自己……

另外一頭，夏豔槿跟在余書身後，明明一開始她希望李澤浩他們沒找來，可是他們真的走了，她又覺得於心有愧。

「沒關係，誰談戀愛沒有吵過幾次架。」余書揉揉她的頭髮，「現在後悔了？那就明天去找他說說話，跟他道歉。」

夏豔槿沉默了一會兒，「其實我也不是後悔，就是覺得有點……愧疚。」

這句話裡沒有情緒，只是一句陳述。

余書壓了壓額角，還是沒把他對黃麗瑄的猜測，還有對李澤浩的不滿說出來，快速的換了話題。

「既然愧疚，還是要跟人家道歉，順便連我的份一起。」余書這次露出的笑容有些頑皮，「雖然我一點也不後悔，一點也不愧疚。」

夏豔槿嘟嘴瞪他一眼，「那你道什麼歉？」語畢，她又推了推他的手臂，「你今天也看到了，李澤浩，他是我們學校的風雲人物。」

「那一定很多人喜歡他。」余書略有深意的答了一句，「包括黃麗瑄。」

「是啊，麗瑄一直都喜歡他啊。」

夏豔槿理所當然的態度讓余書無語了。

連暗示都暗示不來，這丫頭根本沒把黃麗瑄喜歡自己男朋友的事情當一回事。

「妳有沒有想過，如果有一天，黃麗瑄跟李澤浩在一起的話，妳怎麼辦？」余書狀若無意的提出假設，藉著眼角餘光觀察她的神色。

夏豔槿停下腳步，想了幾秒，很誠實的搖搖頭，「我不知道。」

余書看她，眼裡彷彿有一道微光掠過，「如果眞的有那一天，妳一定要記得打電話給我。」

「你怎麼好像很肯定會有這一天？」

余書眼神游移，下一秒就說：「我沒有肯定，只是猜的。」

夏豔槿偏頭打量了他一會兒，「你爲什麼不喜歡李澤浩？」

余書笑彎眼眸，嘗試打迷糊仗，「妳爲什麼會這麼覺得？」

「你不相信他。」夏豔槿緊盯著他看，「我看得出來，你的眼神裡就是寫著對他感到不滿。」

「妳一定要追問答案？」

「嗯。」她點頭。

余書開始覺得，女人這種生物，不管什麼年齡，每一個都不讓人省心。

「他今天的表現是不相信妳，還很有可能是跟蹤妳，光是這樣的行爲，就足夠讓我不喜歡他了。」余書盡量不帶情緒的表達自己的想法，「如果他相信妳，就不會問我們是什麼關係；至於他突然出現就更明顯了，這附近只有商辦，雖然再過去一點有商圈，但也沒這麼巧，他居然剛好從這家餐廳外頭經過。」

夏豔槿偏著頭，「但，這是你的猜測。」

「是。」余書搖頭嘆氣，還不是因爲妳一定要追問到底。「好了，我們不談這個話題了。」

夏豔槿見他快速投降，忍不住扁扁嘴。

「爲什麼不談了，我就想跟你談李澤浩啊。」人好不容易走了，不談白不談。

「因爲我不想跟妳吵架。」余書一臉無奈，「根據我的經驗，再這麼談下去，對我一點好處都沒有，沒有一個女人喜歡聽別人批評自己的男朋友。」

夏豔槿睜著清澈的眼眸，「如果我不覺得生氣，是不是就表示我一點都沒把他當男朋友看待？」

她留下的那個問題，余書沒有回答，只是摸摸她的頭，說日後如果有事就去找他。

夏豔槿才說好，就被余書趕進家門。

回到家後，她立刻洗了個澡。

本來就心情煩亂，鬧了一晚上，更加沒有頭緒，但下週的比賽迫在眉睫，沒時間讓她浪費在其他的事情上，夏豔槿只能盡力收拾心緒，認真準備第二關。

就讀傳播科系，原本就是她一直以來的目標跟夢想，因此這次的廣播比賽，她也投入全副心思的鑽了進去，不僅一一溫習社團老師教過的內容，自己也找了不少資料，將口語表達能力又磨練了一番。

最後準備的是單位提供的比賽講稿，跟第一關一樣，進入第二關者會收到五篇簡短的新聞稿，讓他們看過之後順稿讀出。

乍聽之下不難，但新聞稿裡暗藏巧思，埋了不少容易念錯的、或是搞混的字句，夏豔槿看了好幾次才全部挑出來。

唯恐再度發生上次那種意外，所以她反覆練習，幾乎快把稿子背起來。

＊

時間很快來到比賽前一天，夏豔槿緊張得坐立難安，第一反應還是傳了LINE給余書，再來才想到那天不歡而散之後，她好像就沒再見過李澤浩。

這麼一想，她覺得有些良心不安，彷彿事情懸而未決一樣，心情七上八下的，拿起手機想了一會兒，就打了電話給李澤浩。

反正也靜不下心，乾脆把這件事情解決。

她倒是一點也不糾結，等著李澤浩接電話的時候，還哼起了歌，完全不知道李澤浩在圖書館看見她的來電時，心裡有多開心。

「喂？學長，你好嗎？」

夏豔槿輕快的語氣傳進耳中，李澤浩聽了有些氣惱，可是又不能對她發作，因此悶悶的應了一聲，彆扭至極的回問：「學妹妳也好嗎？」

夏豔槿因他不自然的應答，愣了一下，「我很好。明天要比賽了。」

她沒頭沒腦的接了一句，卻誤打誤撞的讓李澤浩找著臺階下。

他心裡一直在意夏豔槿沒主動找他，一聽見這個理由，他就能安慰自己，夏豔槿不是不在乎他，而是有更重要的事情得做。

這麼一想，他釋懷許多，但隨即又是一陣苦笑，以前他哪會這麼在意這種事？

「那妳準備得怎麼樣了？」他溫聲關心。

夏豔槿摸不清他的心思，只覺得上一秒對方口氣還有些尖酸，下一句話卻立刻又溫軟起來。

反正她一直不懂李澤浩，所以也沒打算在這件事情上認眞。

「聽天由命吧。」夏豔槿起身移動到窗邊，瞥見外頭停了一輛眼熟的車子。

李澤浩已經走出圖書館，坐在外頭的圍牆邊，黃麗瑄也跟著出來，坐在他身旁。

「那妳怎麼突然打電話給我？」李澤浩笑問：「是不是想我了？」

夏豔槿睜大眼睛看著車上走下來的人。咦？是余書？

她拉開窗，朝樓下揮手，一分心，就沒聽清楚李澤浩的問題。

余書也舉手向她揮了揮，又指指自己另一手拿著的東西，示意夏豔槿出來。

李澤浩正想開口問她怎麼不說話，就聽她說：「學長，我現在有點事，等我比賽完再去找你。」

她甚至沒等他說聲再見，就掛了電話。

李澤浩放下手機，不可置信的吸了幾口氣，他沒發脾氣，卻難受得低下頭，用手摀住了臉。

黃麗瑄只能拍拍他的肩膀，卻不知道怎麼做才能讓他不難過。

兩人無語的並肩坐著。

她忽然覺得不甘心，在他身邊的人如果是她，又怎麼會讓他這麼難過？

她想要這個人，而不是只在旁邊看。

*

第二關比賽當天，黃麗瑄跑來找夏豔槿。

「小槿，妳可以陪我聊聊嗎？」她看起來心情糟糕到了極點。

夏豔槿有些左右爲難，看了一眼手錶，距離集合還有一點時間，應該……沒問題吧？

兩人走到學校安靜的角落。

黃麗瑄挑了塊乾淨的石頭坐下，滿臉憂傷的看著夏豔槿。

見她這種神情，夏豔槿自覺剛剛還想著要回去比賽的念頭真是太不夠朋友。

夏豔槿挨著她坐下。

初冬，一波冷氣團來襲，雖然不到凍壞人的程度，但還是使人渾身發寒，尤其是冬風吹過時，一股冰冷寒意就會從腳底竄上。

「我有個表姊昨天晚上過世了。」黃麗瑄一臉慘白，「出車禍，她才大我們一歲。」

夏豔槿一聽，頓時不知道怎麼安慰她才好，只能簡短的說：「節哀。」

黃麗瑄頷首，把頭靠在她肩上，說起她小時候跟那位表姊的事情。

夏豔槿一邊聽，一邊暗暗緊張著比賽就快開始了。

可是黃麗瑄一直叨叨絮絮的說個不停，她找不到斷點可以切入。

直到鐘聲響起，她才猛然跳起，「抱歉，我真的要去比賽了，比完我再聽妳說！」

黃麗瑄嗯了聲，滿臉愧疚，「妳快去吧，是我不好，這麼重要的時間還拉妳出來。」

夏豔槿擺擺手，「別放在心上，我跑過去還來得及，那我先走了。」

「等等，我跟妳一起過去。」黃麗瑄起身，眼角餘光快速掃了周遭一眼，「妳這樣我不放心。」

夏豔槿心裡著急，沒注意到她的異狀。

「好，但是我要先回教室拿東西。」

黃麗瑄點點頭，站起身，「那我們走吧，把握時間。」

「嗯。」

黃麗瑄跟她一塊跑著，但跑沒幾步路，她一個踉蹌仆倒在地，身體衝擊的力道讓碎石子發出了刺耳的摩擦聲。

「怎麼了？」

黃麗瑄蹙起眉心，臉上盡是痛苦，「我的腳……」

她疼得冷汗直流，心裡卻有些高興，她不僅要把李澤浩搶到自己身邊，也要讓夏豔槿不好過。

根本就沒什麼出車禍的表姊，有的只是她的算計。

夏豔槿當然不知道黃麗瑄心中的盤算，看見她從膝蓋一直延伸到大腿的那一片血紅擦傷，嚇得倒吸了一口氣。

「我扶妳去保健室，妳能站嗎？」

黃麗瑄推了推她的手，裝出滿臉憂心，「妳快去比賽吧，我自己去就可以了。」

雖然她這麼說，但心裡料準了夏豔槿不會拋下她不管，這裡是她特意挑的，一個偏僻的角落，只要有點良心的人，都不會在這個時候拋下朋友。

尖銳的碎石子沾上了血，顯得那樣刺眼。

夏豔槿朝她伸手，試著拉她站起來，「不行，我要先帶妳去保健室。」

黃麗瑄深深的看了她一眼，「這樣妳就來不及比賽了。」

夏豔槿咬了咬唇，「……我知道，但是我怎麼可能把妳丟在這裡，這裡半個人都沒有，萬一出了事怎麼辦？」

黃麗瑄望著她的目光可憐兮兮，「那妳的比賽……？」

「不管了，我先送妳去保健室，其他的事情再說。」夏豔槿將手臂繞過黃麗瑄腋下，支撐住她全身的重量，將她扶穩，「我先帶妳過去，運氣好的話，也許還來得及。」

她這樣安慰黃麗瑄跟自己。

但她們兩個都知道，這是不可能的。

夏豔槿果然錯過了比賽。

到了保健室，看著黃麗瑄慘白著臉讓護士包紮腿上的那片傷口，夏豔槿忽然不想再回到比賽會場。

其實早就來不及了，第二關只有少數幾個人參加，現在才去，難道是要看優勝者長什麼樣子嗎？

她低落的走到球場外頭，心情實在太差，但也不知道可以往哪邊走。

摸了摸口袋裡昨天余書送來給她的枇杷膏隨身包，本來以為有時間喝，沒想到事情會變成這樣。

上週，高三模擬考剛結束，社課時間，李澤浩跟球隊正在練習。

他遠遠的看見她，思忖了一會兒之後，還是朝她走了過去。

「比賽結束了？」

他有些惴惴不安，不知道夏豔槿是怎麼想他的。

見李澤浩臉龐上還有一絲汗水，她從口袋裡找出面紙，舉起手替他擦了擦，「結束了，我沒有趕上，失去資格了。」

夏豔槿輕描淡寫的說，聲音裡沒有太多的情緒起伏，但一張小臉上仍有明顯的失落。

李澤浩牽著她的手走到一邊，語氣溫和的問：「怎麼回事？怎麼會沒有趕上？妳不是一直都在學校裡嗎？」

她情緒不好，靜靜的跟著他走，完全無視後頭那些打趣他們的口哨聲。

走到另一頭較爲安靜的樹下，夏豔槿才把事情經過一五一十說給他聽。

李澤浩想了想，拍拍她的肩，「也只能算了，都發生了，麗瑄也不是故意的。」

「嗯。」夏豔槿的心頭仍籠罩著一片烏雲，其實她向李澤浩傾訴，也不是想得到什麼幫助，「聽保健室的護士阿姨說，麗瑄好像傷得滿嚴重的。」

「是喔？她有帶手機嗎？還是我們打電話問問看狀況？」李澤浩指著不遠處，「我的東西放在那裡，妳陪我去拿吧。」

「你不用練習了嗎？」

「不用，要不是模擬考考得不錯，哪可能有空閒練習，我現在是自由的。」他笑得跟陽光一樣燦爛。「我來這裡只是單純喜歡打球。」

「喔。」夏豔槿早就知道他有許多特權，所以也沒多管。

李澤浩打了通電話給黃麗瑄，沒有人接，他又發了幾條訊息過去，才收起手機。

夏豔槿在一旁等著，她確實頗爲沮喪，但是跟著李澤浩東轉西走，鬱結的情緒慢慢也就散去了。

「我們去附近聊聊吧。」李澤浩牽著她走到人較少的地方，「妳要不要跟我解釋一下余書的事情？」

夏豔槿這才想起，他們曾經爲了余書鬧得不愉快。

她偏著頭想了一會兒，「我不知道應該怎麼跟你解釋，我只是去找余書聊聊，然後你們就來了，其實我不知道你爲什麼生氣。」

「我是妳男朋友，妳要跟其他異性吃飯，難道不需要先跟我說一聲嗎？」李澤浩翻了個白眼，心中頓生不悅，「還有，有什麼事情妳跟我聊不也一樣？」

就是不想跟你聊才找余書啊……夏豔槿當然沒把這句話說出口。

「怎麼會一樣？你是你，余書是余書，除了性別，你們哪裡一樣了？」夏豔槿嘆了一口長氣，「我跟他之間什麼都沒有，你一定要抓著這件事情嗎？就算問我一百次答案也一樣。」

儘管她說的是實話，可是這樣的說詞跟口氣，還是惹怒了李澤浩。

李澤浩又提高了音量追問：「那，妳不需要跟我報備一下嗎？」

夏豔槿本來是因爲心情不好才來找李澤浩，現在被他一吼，火氣立即冒了出來。

「我要跟你報備什麼？難道有了男朋友，我連跟朋友吃飯都不可以？如果是這樣，我們乾脆分手算了！」

她氣得扔下這句話，甩頭就走。

黃麗瑄還沒回到家，就看見手機裡李澤浩發來了訊息，一整段的抱怨，重點只有他跟夏豔槿又吵架了。

她嘴角上揚，抿出一彎冷笑，隨手回了幾句不著邊際的安撫。

事情的發展比她想的還好，她還沒開始算計要怎麼讓他們吵起來，現在倒是省了工夫，她只要繼續擴大裂痕就可以了。

從前，她覺得如果李澤浩幸福，那他什麼都可以接受，可是現在，她發現夏豔槿根本就配不上他，她再也不想看李澤浩難過。

她要自己給他幸福，她要李澤浩的幸福是因爲她。

黃麗瑄又看了一次李澤浩傳來的訊息，關掉對話視窗後，撥了電話給陳琳伶。

＊

「所以妳就這樣走了？」

余書終於看完最後一份文件，蓋上筆蓋，走到趴在桌上奄奄一息的夏豔槿面前。

「嗯。」

說的時候很爽，爽完馬上後悔——這就是夏豔槿現在的心情寫照。

余書用指節敲了敲夏豔槿的腦袋，「下次說話之前，多想三分種。」

「三分鐘也太久了吧！」夏豔槿頭也沒抬的回嘴。

「按照妳的智商，三分鐘是最適合妳的時間。」余書哼了聲，「那天不是跟妳說過了，李澤浩一定會再跟妳抗議一次，不想吵架就順著他的毛摸。結果妳不只和他吵，還直接提分手。」

這種事情余書見多了，他也早就提醒過夏豔槿。哪知道這小丫頭嘴上說好，結果完全沒放在心上。

「唉，你不要罵我啦，幫我想想現在該怎麼辦。」夏豔槿抬起一雙茫然的眼睛，「我說那句話……一定讓他傷心了。」

「怎麼辦？好好跟人家道歉啊。」余書朝她伸出手，「走了，吃飯。」

「又吃飯，你是有多餓？」夏豔槿可沒忘記，上次就是因爲吃飯被李澤浩撞個正著，才引發這次爭吵。

余書氣笑，「沒心沒肺的傢伙，早就提醒過妳了，妳還不是照樣犯錯，怪我嘍？」

夏豔槿扁扁嘴，她也知道自己的脾氣來得毫無道理。「對不起啦，但是我就想對你發脾氣。」

余書毫無掩飾的大笑出聲，「這麼白目的話，怎麼這麼好笑？」

「笑什麼啦！」夏豔槿惱羞成怒，「走啦，吃飯！你請客，我要吃那種不會有人經過的餐廳！」

「要求眞多。」余書又用指節敲了她的額頭一記，「牛排？」

「嗯。」夏豔槿抬手摸摸自己被敲痛的額頭，緩緩站起身，又吐了口大氣。

余書斜睨她一眼，沒說什麼。

照他看來，夏豔槿跟李澤浩應該不會有事，哪對情侶不吵架？只是氣憤之下說出的話，過沒幾天就會釋懷和好的。

「黃麗瑄有說什麼嗎？」余書問。

「她還不知道。」夏豔槿隨口回，「跟她有什麼關係？」

「沒有，我隨便問問。」余書頓了頓，「她傷得嚴重嗎？」

「傷口有點大，不過保健室的護士阿姨說，好好照護就會好的。」夏豔槿看著電梯數字一層層往上跳，「你覺得我們要不要買點什麼給她？」

「給誰？黃麗瑄？」

「嗯。」

「爲什麼？」

夏豔槿抿抿嘴，「其實她家經濟狀況並不太好，那麼大一片的擦傷，用人工皮會滿有幫助的，只是有點貴，我想她會需要。」

余書看了看她，「如果妳覺得有需要，那就買吧。」

「那待會兒你陪我去買？」

電梯門叮的一聲打開。

「好。」

＊

夏豔槿才剛進學校，就覺得身邊所有的人都在偷偷觀察她，不少人甚至明目張膽盯著她走過，還對她發出了似笑非笑的聲音。

她特意測試了幾次，確定不是自己的錯覺。

走進教室時，李澤浩已經坐在她的位子上，面無表情，不知道在想什麼。

她想找他沒錯，但絕對不是這樣的場合跟時間。

夏豔槿見他這副樣子，心裡也有點底了，估計是福不是禍，是禍躲不過，該來的還是會來，而且她欠他一個道歉，早點說出來，感覺比較踏實。

「學長。」夏豔槿站在桌邊，望進他那雙漂亮的眼睛。

李澤浩的眼球有幾許紅色血絲，看了她一會兒才說：「走吧。」

夏豔槿頷首，有話也不能在這裡談，周圍這麼多人，傳得全校皆知很麻煩。

兩人一前一後走出教室，可能是李澤浩的氣場太憂鬱，竟然沒有人敢跟過來。

他們走到走廊盡頭，冷風吹來，夏豔槿縮了縮肩。

「對不起。」她沒有半點事先鋪陳，劈頭直接切入重點，「我昨天說話太衝動了，是我不好。」

她垂下頭不敢看他，余書昨天教的，先示弱就對了。

她本來還有些嗤之以鼻，但余書又念她，說錯話卻不低頭認錯，難道還要強逼李澤浩原諒她嗎？

她一想，也對，這件事確實是她不好。

李澤浩完全沒料想到事情會這樣發展，滿臉詫異的看著她。

「妳跟我道歉？」他頓了頓，眼神有些受傷，表情還有些不可置信，「這是要跟我和好嗎？」

夏豔槿點點頭，「我昨天心情不好，所以講話比較衝動。」

李澤浩微微皺眉，像是仍感到疑惑，「但是……」

「但是？」

李澤浩沉默了一會兒，還是搖搖頭，「沒事。」

這點小事情，夏豔槿就算看見了也沒放在心上，她想了想，伸手扯扯李澤浩的袖口。

「那……我們和好了？」

李澤浩哪抵擋得了她的目光跟求饒的姿態。

他本來已經抱著夏豔槿會跟他分手的心情前來，只是他不甘心，認爲這段戀情既然由他先開始，當然也要由他來結束！

但是沒想到，她居然先道歉了。

「妳，喜歡我嗎？」他沒有什麼信心的問。

夏豔槿臉上一熱，點了點頭。李澤浩對她的好，她都記在心上。

「好，那以後，妳不要單獨跟余書吃飯了。」李澤浩握住她的手，「眞的要吃，我跟你們一起去。」

夏豔槿的眼角微抽了幾下，實在不想在這個關頭又跟李澤浩吵架。

「嗯。」她淡淡的應了聲，不說好，也不拒絕。

儘管李澤浩不滿意這個答案，但兩人同樣一心求和，他就當夏豔槿同意了。

把話說開後，夏豔槿輕鬆許多，跟李澤浩有一句沒一句的聊著，直到打鐘。

當他們離開走廊，黃麗瑄才從樓梯口走出來，深深望著他們的背影，抿了抿脣。

和好了……沒關係，她仍然有很多方法分化他們，何況有些事的伏筆已經埋好了，只是等待時機爆炸。

但是她沒料到，第一節下課的時候，夏豔槿主動來找她。

黃麗瑄一跛一跛的走到後門，「怎麼了？」

夏豔槿低頭觀察她的腿，「妳的腳有好一點嗎？」

黃麗瑄噗哧笑出聲，「才一天，能好多少？」

「也對。」夏豔槿這才察覺到自己的問題有多好笑。「這個給妳，是人工敷料，傷口會好得很快喔。」

黃麗瑄愣了愣，看了一眼，「不要，這很貴吧？」

「不會啦，妳不要我又不能拿回去退，這東西我留著也沒用。」夏豔槿不打算拿回來，

「妳能早點好起來，這東西就算派上用場了。」

黃麗瑄嘆了口長氣，「好吧，那就謝謝妳了。」

夏豔槿笑了兩聲，又有點尷尬的說：「不過如果妳不會用的話，可以去問護士阿姨，我昨天買的時候沒有聽懂用法。」

黃麗瑄怔愣，低低的笑了，「不用，我知道人工皮的原理。」

「咦？」夏豔槿困惑的看了看她，下一秒恍然大悟，「對喔，妳對生物很有興趣，人工皮妳一定知道怎麼用。」

黃麗瑄其實想說那也未必，只是她剛好對這個有點興趣而已。

「我早上看到妳跟學長了。」黃麗瑄拉著她走到欄杆邊，「你們又吵架了？」

她明知故問，因爲她還是想聽聽夏豔槿的想法。

夏豔槿說的跟她知道的相去不遠，兩人又聊了一會兒，上課鐘響起，夏豔槿就跑回自己教室了。

黃麗瑄拿著那袋人工皮，看也沒看就放進書包裡。

來不及了，她的傷口已經結了薄薄的痂，人工皮對她也就沒用了。

就像現在，即便她心裡微微對夏豔槿感到抱歉，但是所有訊息都已經放出去，大石已經推下懸崖，誰都不可能阻止了。

這一堂課，黃麗瑄心不在焉的看著窗外。

如果一開始，跟李澤浩在一起的人是她，她是不是就不會苦心算計夏豔槿？

那個由陳琳伶創立的LINE群組，正在討論要用什麼手段來對付夏豔槿。

本來並不是所有人都討厭夏豔槿，只是這些日子以來，那些人不斷被陳琳伶還有她給洗腦，現在夏豔槿勢必會成爲公敵。

是她在群組裡造謠，跟大家說夏豔槿劈腿，說夏豔槿有了李澤浩還不滿足，於是所有人很快就沸騰起來了。

這個在她看來漏洞百出的計畫，都由於夏豔槿沒有別的好朋友而得以成立。

假如這個群組中有一個夏豔槿的朋友，也許事情就會跟她想的完全不一樣了。

黃麗瑄垂下眼簾，或者，如果她不要這麼計畫的話……

可是不行。

夏豔槿根本不珍惜李澤浩，光想到這點她就覺得憤怒。

或許她從來沒有原諒過夏豔槿當初的欺騙，所以發現夏豔槿如此對待李澤浩時，她才會這麼生氣。

她根本不知道自己擁有的是什麼，才會這麼肆意揮霍。

下課了，這次夏豔槿沒有過來。

黃麗瑄趴在桌上，看著LINE群組的99+未讀。

她眸光一沉，關了手機螢幕，收進口袋。

夏豔槿，就算我現在後悔也來不及了，更何況，我一點都不想原諒妳。

這幾天，夏豔槿一直覺得周遭的氣氛詭譎，不是有人對她指指點點，就是有人用斜眼看她，好像她做了什麼對不起別人的事情。

本來不以爲意，畢竟她也沒得罪過什麼人，直到今天她只是趁下課去了趟洗手間，桌上的東西竟全被掃到地上，她才發現原來大家都是衝著她來的。

事情一旦有了開頭，就會接二連三的發生。

＊

接下來的日子，有時是書包被人扔進垃圾桶，有時是寫好的作業不見，更誇張的是，這天早上到了教室，自己的桌椅居然整組遭人搬走！

簡直像是全校的人都聯合起來整她。

有人策畫、有人下手，其餘的人都是不作爲的共犯。

夏豔槿氣得全身發抖，完全不知道自己哪裡做錯了，居然會發生這樣的事！

緊握手機走出去，她暫時還不想讓爸媽知道這件事，這種關頭，她直覺想到了余書，只有余書會保護她、幫助她，她當然不會傻到覺得憑自己就能抓出幕後主使。

講完了電話，夏豔槿回到教室，她掃視了幾個回頭看她的人，眼神冰冷得跟刀子一樣，她不明白誰想找她麻煩，但這些人全都是幫兇。

被遭到她譴責的眼神掃過的人，紛紛低下了頭或撇開目光。

他們全都知道是誰，但是沒有一個人阻止，也沒有一個人告訴她。

對，她與他們沒什麼交情，所以就這樣視若無睹，所以誰也不想惹禍上身。

夏豔槿第一次見識到人心涼薄，難過之餘，更多的是失望，原來沒有要好的朋友，居然會這樣任人欺負。

她冷冷的看了一眼這間教室裡的所有人，背著書包隱忍的走了出去。

夏豔槿站在黃麗瑄教室門口等了一會兒，才看見她走上樓梯的身影。

黃麗瑄抬起臉，看見夏豔槿杵在教室門口，愣了一下後走過來，「怎麼了？」

這段時間，她不是沒有對黃麗瑄和李澤浩提過這些事情。

但是，黃麗瑄沒跟她同班，理組課業又忙，連她自己的事情常常都忙到忘了，更別說李澤浩是高三生，再過沒多久就要學測了，他現在正專注的衝刺，連球隊都不太去了。

夏豔槿看著黃麗瑄眼睛下的黑眼圈，決定把想說的話嚥進肚子裡，「沒事。」

黃麗瑄打量她臉上的神情，猜道：「是不是出事了？」

夏豔槿悶不吭聲，也算是默認了。

黃麗瑄想了想，抓住她的手，「走。」

「去哪裡？」夏豔槿讓她抓得踉蹌幾步才走穩。

「找李澤浩。」

「找他幹麼？」夏豔槿一臉茫然。

「會發生這樣的事情都跟他有關，當然要找他負責！」黃麗瑄說得理直氣壯，「更何況，他是妳男朋友，難道不需要知道這些事情嗎？」

「他知道了又能怎麼樣？」夏豔槿不是沒想過告訴李澤浩，只是有用嗎？

「如果他不能保護妳，那妳就把他甩了，要這種男朋友做什麼！」

黃麗瑄說得義正詞嚴，可心裡想什麼只有她自己知道。

黃麗瑄拉著夏豔槿往三年級教室前進的時候，途中遇上了陳琳伶。

陳琳伶對她們投以不懷好意的目光，「妳們要去找學長嗎？」

黃麗瑄瞪她一眼，口氣很到位的吼：「讓開。」

冬天的風吹過，一樹殘枯敗枝晃了晃，淒涼得讓人情緒低落。

夏豔槿注視著陳琳伶臉上浮現的笑，忽然明白了，這一陣子的事情都是她策畫的。

她很想發作，若能痛罵她一頓也好，可是這一切都只是她的猜測，根本沒有證據，只好把怒氣強壓了下來。

「學長還沒來學校。」陳琳伶揚脣，朝她們笑，「不然妳們就去門口等吧。」

這抹笑，又激起夏豔槿剛壓下的憤怒。

「妳爲什麼要這麼做？」她沒忍住，張口就問。

陳琳伶搖搖頭，「妳說什麼？我聽不懂。」

在這種時候，傻子才會承認那些事情都是她做的。

夏豔槿睜大雙眼，怒瞪著她，渾身氣得發抖。

「不過是一個男人，值得妳做出這樣的事情嗎？」

夏豔槿憤怒得失去理智，但陳琳伶可不是這樣，她一向是得了便宜還要賣乖的個性，從前李澤浩的女朋友們，都拿她沒有辦法。

所以，她也一直認爲這樣的把戲是有用的，沒想到碰上了夏豔槿。

夏豔槿毫不費力的走到陳琳伶面前，盯住她好一會兒，忽然手一揚，甩了她一巴掌。

陳琳伶被打得恍神了幾秒，下一刻，眼睛裡竟泛起了淚光，瞪著夏豔槿的表情，彷彿想活生生在她身上戳出兩個洞。

「我不知道李澤浩對妳有多重要，重要到可以找人來對我做這樣的事情。」夏豔槿兩隻眼睛像要噴出火來，「但是，既然妳都這麼做了，那我還有什麼好客氣的？」

陳琳伶摀著臉，火辣辣的痛，直接讓她氣斷了腦子裡的理智線。

她朝夏豔槿撲過去，夏豔槿早就料到她會有這種反應，只是輕巧的往旁邊一閃，氣瘋了的陳琳伶自己絆了腳，跌坐在地上。

「妳既然敢做，就要敢當。」夏豔槿冷笑，「以前李澤浩的女朋友們對妳太好，才會讓妳以爲自己可以爲所欲爲，我不怕妳去告訴誰，都長這麼大了，挨打還只會找人告狀，不丟臉嗎？」

夏豔槿嘴上這麼說，其實心裡有點沒把握，剛剛是整個被氣昏頭，不管怎麼說，先動手就是錯。

陳琳伶站起身，朝著她吼，「妳根本配不上學長，妳都有他了，爲什麼還要劈腿！」

誰劈腿了？夏豔槿被她莫名的指控弄得一頭霧水。

「子虛烏有的事情，證據在哪裡？」夏豔槿追問。

「還需要什麼證據？一大堆人看到妳跟另外一個男人吃飯！」陳琳伶猛推一下她的肩膀，「妳以爲自己做什麼事情都沒人知道嗎？要不是學長喜歡妳，妳算什麼！」

「妳以爲我稀罕嗎？」夏豔槿笑了幾聲，臉上像能刷下幾層冰霜，「我還嫌他煩呢，只有妳把他當成寶貝！」

「原來妳是這麼想的。」李澤浩的聲音從她們後頭傳來。

夏豔槿的心臟猛然一抽，回過頭，只看見一張毫無表情的臉。

見到他來，又聽見他這麼說，夏豔槿氣得笑了。

這些日子她過成這樣，都是因爲眼前這個人，本來她也不想計較，追根究柢並不是李澤浩的錯，可是如今他說的這句話，比這些日子以來的麻煩跟壓力更讓她難過。

難道他看不見眼前這個人就是拚命找她麻煩的陳琳伶？就算他不知道這些事情都是她搞的鬼，但過去那麼多經驗，難道他都不覺得陳琳伶根本就不是什麼好人？

忽然，一切變得跟鬧劇一樣，李澤浩不相信她，任憑她爲他承受多少事情都是枉費。

「我沒什麼好說的，我要走了。」

夏豔槿心灰意冷，連日來的霸凌，也比不過李澤浩的那句話。

她想離開，但陳琳伶卻不肯放過她。

剛剛挨了她一巴掌，現在怎麼可能忍氣吞聲？

李澤浩的出面爲陳琳伶壯了膽，又看兩人的情況有了嫌隙，她更加咄咄逼人，「妳還說妳對得起學長？妳心裡就是這麼看他的，所以害他傷心也無所謂！」

夏豔槿皺眉，轉頭看著她，又看了看李澤浩。

後者儘管安靜，但眼神中濃濃的不信任感，卻已讓夏豔槿看得透徹。

夏豔槿垂下眼，火氣都沒了，淡淡的問：「所以妳想怎麼樣？」

陳琳伶一點也摸不清楚夏豔槿的脾氣，本來以爲沒事的，卻挨了一巴掌；想和她吵，她卻又淡淡的不氣不怒。

陳琳伶糾結了好幾秒，大聲說道：「妳、妳跟學長分手！」

夏豔槿一動也不動的看著她，冷冷的吐出三個字：「憑什麼？」

陳琳伶本來就沒立場提出這個要求，哪裡經得起別人追問。

「憑妳做的那些事情？還是憑妳喜歡他？」夏豔槿哼了聲，「我現在知道妳是怎麼想的了，妳得不到李澤浩，就要讓其他人也得不到，他幸福快樂，妳就整個人都不快樂。」

夏豔槿淡淡的瞥了李澤浩一眼，卻對著陳琳伶說：「像妳這種人，憑什麼叫我跟他分手？」

陳琳伶從來沒有被人這樣羞辱過，又打又罵，她原本以爲夏豔槿好欺負，只是說話直接了點，沒想到她的直接還帶著嗆辣。

「學長，我、我不是……」這個當下，陳琳伶只在乎李澤浩是怎麼看待她的。

李澤浩不帶情緒的望著她，想說話，卻被夏豔槿打斷。

「妳也不必看他。學長，我本來以爲你是個單純的人，所以就算陳琳伶不斷傷害你的歷任女友，你也狠不下心趕走她。」夏豔槿露出冷笑，「可是今天我看懂了，你只不過是虛榮，喜歡有人追著你，好突顯你的身價而已。」

李澤浩沒想到夏豔槿會這麼和他說話，彷彿受了不小的震撼，一時回不了神。

夏豔槿又繼續說：「所以你根本不信任我，只要一點小事情你就懷疑我，說到底，你根本不懂要怎麼愛人，也根本就不愛我，你只愛你自己。」

夏豔槿扯動脣瓣，笑得比哭還難看，「不過我也沒好到哪裡去，就這樣吧，如她所願，我們分手。」

夏豔槿說得斬釘截鐵，黃麗瑄一直在一旁冷眼觀戰。

這就是她想要的最好的結果，她不但要夏豔槿跟李澤浩分手，還要順便藉這件事把陳琳伶這個跳梁小丑弄走，否則就算李澤浩接下來願意跟她交往，陳琳伶還是會從中作梗。

只是，她本來打算讓夏豔槿先跟李澤浩鬧翻，然後再來收拾陳琳伶，才會急著帶夏豔槿來找李澤浩，沒想到……

眼看這場爭執就要鬧大，圍觀的人也越來越多，黃麗瑄不得不想個辦法收拾殘局，但她還沒說話，教官已經走了過來。

「夏豔槿，妳的家長在教官室。」

家長？夏豔槿蹙眉，瞬間就想到有可能是余書。

她鬆了一口氣，如果是余書就好，是他就好了。

黃麗瑄靜靜觀察著，他們鬧出這麼大的風波，如果教官毫不知情，那才眞的奇怪。可是教官卻什麼都沒提，沒有質問、沒有訓斥，只通知他們夏豔槿的家長來了？

黃麗瑄心裡還抱著疑惑，教官那頭已經開始趕人回教室上課了。

夏豔槿跟在教官身後安靜的走著。

剛剛的那場鬧劇好像只是幻覺，她這次說分手，卻沒有一點後悔了。

其實她很明白，自己沒比李澤浩好到哪去。

她是喜歡他，但一點也不願意爲了他改變自己，陳琳伶在某個層面上也沒說錯，她是配不上李澤浩。

走進教官室，果然是余書站在裡頭。

余書見她沒什麼精神的樣子，習慣性的伸手摸摸她的頭。「怎麼了？」

他旁若無人的態度，讓夏豔槿都有點不好意思。

「說起來很複雜……你怎麼來了？」

「來看看校園霸凌是什麼樣子。」余書掃了眼站在一旁的教官與主任，態度說不上好，但也不壞，「如果這件事這麼嚴重的話，就讓別的單位來處理好了。」

余書一開口就安上了一頂大帽子，教官跟主任都急了。

現在任何事情都能報上媒體，要是眞的鬧大，下學期還招得到學生嗎？這年頭，哪個孩子不是家裡的千金少爺，書讀得好不好是其次，但是學習環境千萬不能糟。

「這起事件我們一定會詳查，如果眞的有學生做出不適當的行爲，我們一定會請輔導老師好好處理。」

學生事務處的主任忍不住先開口。

余書定定的看著學務處主任，「你們平常什麼事都不管，非得要家長鬧到學校來才願意當一回事嗎？」

余書雖然生得一雙桃花眼，平常沒什麼架子，哪知道他板起面孔時，居然會散發出這麼強烈的威壓。

連夏豔槿都被嚇得不太敢說話。

聽余書的口氣頗有不肯善罷甘休的意思，學務主任抹了一把冷汗，「我們一定會好好處理。」

余書又看了他好一會兒，然後揚起有距離感的禮貌笑容，「那就麻煩主任了。」

這樣的反差讓眾人有些手足無措，還沒摸清楚余書究竟是什麼意思，又聽見他問：「我可以幫豔槿請上午的假嗎？」

這種不按牌理出牌的節奏，搞得大家都不知道下一步該做什麼了。

總之最後，他很順利的帶走了夏豔槿。

把夏豔槿帶離學校之後，兩人就近找了一家店坐著。

「你還沒告訴我，你怎麼來了？」夏豔槿追問。

「離上班還有一點時間，我就先來幫妳解決問題了。」余書轉了個話題，「想吃點什麼嗎？」

夏豔槿隨意瀏覽了菜單，「隨便吧，我沒胃口。」

余書很明白沒胃口這句話代表的意思是什麼，「這種狀況發生多久了，妳現在才想要告訴我？」

夏豔槿嘆了口氣，「本來沒說，以爲只是惡作劇，今天才察覺到原來是霸凌。」

「妳神經要多大條才能這麼後知後覺？」余書邊叨念，邊替她點了幾樣餐點，「早上發生了什麼事情？」

夏豔槿眨了眨眼，「我什麼都沒說，你怎麼知道？」

「我就是知道。」余書也對她眨眨眼，卻沒說她走進教官室時，那副頹喪的樣子看起來有多讓人心疼。

他這種理所當然的態度勾起了夏豔槿的好奇心，她一下就轉移注意力，追著余書問原因，早上那些事情也暫時拋到腦後。

余書有心縱容她，因此在吃完東西之前，只說了些有趣的事情逗她笑，直到她吃飽了，才眞正細問起早上的事。

夏豔槿脣角嘲諷的勾了兩下，想了一會兒，才簡單的說了事件經過。

余書邊聽邊點點頭，突然很白目的唱了句：「那就這樣吧，再愛都曲終人散啦～」

夏豔槿瞪了他一眼，卻笑了出來。

「事情眞是太奇怪了是不是?」夏黯槿看著余書,「李澤浩從來都沒說過他喜歡陳琳伶,爲什麼陳琳伶可以一副自己是受害者的表情?」

余書哂笑,「有什麼好奇怪的,世界上的人那麼多,妳哪能摸清楚每個人心裡是怎麼想的?如果可以,現在還會落到這種地步嗎?」

「也是。」夏黯槿托著腮,看向窗外。

不經一事不長一智,有些事情非得自己走過才明白,可是他卻有些捨不得讓這個少女經歷這樣的事情。

「不過還好你來了。」夏黯槿露出寬心的表情,「既然學校都說會查了,以後上課應該不會太慘吧?」她垂下眼,看起來仍有些沒精神,「其實我最近好討厭上學,每天都提心吊膽的,不知道什麼時候東西又會被弄壞,或是不見。」

說著說著,她的眼眶忍不住微微泛紅,才想掩飾,眼淚卻先掉了下來。

「我很想說,比起你們工作的辛苦,這些事都只是小問題,可是接二連三的發生,心情眞的大受影響,她們怎麼能這樣呢?」

余書見她哭出來,倒是安心許多。

應該哭的,一直逞強不哭反而很有問題。

「沒事了。」余書輕撫她的頭,「不是跟妳說過,有事就來找我嗎?」

他早就有一種直覺,夏黯槿跟李澤浩在一起,校園生活大概不會太平靜,但沒想到會如此波折。

「既然如此，妳想不想轉學？」

夏豔槿抬起頭，聽見這話，就像在黑暗迷宮中看見一條發光的出路。

「我想，可是……」夏豔槿沉思一陣，最後還是搖搖頭，「沒關係，如果之後都沒事的話，我可以繼續在學校上課。」

余書嗯了聲，不太確定接下來是不是會如她所想，自此風平浪靜。

第三章

年少時光之所以重要，就是所有的事情都會深深刻印在腦海，尤其是傷痕。

夏豔槿請了兩天的假。

她誰也不想見，但在家裡睡了一天之後，她就找不到事情做了。

不想念書，更不想回學校上課，她細細思索，發現自己居然無處可去。

想了好一會兒，夏豔槿換上衣服，打算去找余書一起吃午餐，就算余書要上班，也還是要吃飯的對吧？

夏豔槿不想找余書去吃什麼高級料理，打算路上隨便買個東西過去就好。

冬日，天空陰雨綿綿，她撐著傘走過街頭，因為無所事事，所以悠哉的慢慢搭捷運前往。

走出捷運站，夏豔槿在路邊的日式餐廳買了商業午餐的便當。

附近商辦大樓林立，像這樣的餐廳不少，她選了一陣子才決定吃日式餐點。

她還加買了一碗味噌湯要給余書，天氣實在太冷了，他應該也會想喝點熱湯吧？

夏豔槿一手拎著便當，一手剛要撐開傘，竟不期然的讓人撞了一下，沒拿穩的便當就這樣摔進面前的小水窪裡。

她回頭看，撞到她的人是個穿著很簡單的姊姊。卡其色長褲和白色襯衫，還有綁成馬尾的長捲髮，讓她整個人看起來俐落乾淨。

「對不起對不起。」她連忙把傘遮到夏豔槿頭上，「我……沒注意到。」

「呃……」夏豔槿看向已經打翻不能吃的便當，「沒關係啦……再買一份就好了。」

「便當多少錢，我賠妳。」她頓了頓，又繼續說個不停，「不然這樣好了，我的店在前面，妳趕時間嗎？不趕的話，先去我店裡休息一下，我買給妳。」

夏豔槿被她連珠炮似的話繞得頭都暈了。

「沒關係，其實也沒多少錢。」夏豔槿擺擺手，「不用放在心上。」

「不行，至少要還妳錢才可以。」她不由分說的抓起夏豔槿的手腕，「妳別怕，妳看，我的店就在那裡。」

她指著不遠處，果然有一家掛著可愛木招牌的小店。

如果是平常，夏豔槿大概會拒絕，但她現在無處可去，就算是好不容易想出來的行程，也不是非做不可。因此夏豔槿只猶豫了幾秒鐘，就跟著她走了。

步入店門，才知道這是一家賣手作飾品的小店，裡頭還有一些日本、韓國進口的小玩意兒。

室內開著暖氣，隔絕了屋外寒冷的水氣，夏豔槿覺得身體剛剛沾上的寒雨，一瞬間都乾了。

「妳一定還沒吃東西，先吃點餅乾，我去幫妳買午餐。」那女子端出熱紅茶跟手工餅乾，「對了，我是陸晴，陸地的陸，晴天的晴。」

夏豔槿思忖了幾秒，「那……我叫妳陸晴姊？」

陸晴臉上閃過一絲尷尬，連連擺手，「不不，妳叫我陸晴就好，別叫什麼姊，本來不老都被喊老了。」

夏豔槿笑起來，也向她介紹了自己的名字。

窗外的雨小了點。

陸晴一派爽朗的說：「雨變小了，我去買午餐賠妳，妳剛剛買的是什麼東西，我買份一樣的。」

「不用啦，其實眞的沒多少錢……」

她才說完，肚子就叫了兩聲。

最後，她們兩人一起去了那間日本料理店，直接在店裡用餐。

食材不錯，魚也新鮮，夏豔槿盤算著下次要帶余書來吃。

發生了這麼多事情，余書現在是她的精神支柱，所以有什麼好東西她都想跟余書分享。

「不過，這個時間妳怎麼沒在學校上課？」陸晴狀若無意的問。

一看就知道夏豔槿還未成年，但又不像是會蹺課的學生，陸晴感到疑惑，只是猶豫著不知道該怎麼問才好。

夏豔槿向來直率，對陸晴的問話並沒有太多想法，也就照實說了，但那些事情經過太曲折，她也只能簡單的提幾句而已。

陸晴從她語帶無奈的神情裡，大概可以猜想到那些事令她並不好受。

「其實，把時間軸拉長來看，這些事情都沒有想像中難熬。」陸晴喝了口熱茶，「年輕時，我們都以爲當下的痛苦會持續一輩子，事實上，只有極少數的遺憾會跟著我們長大。」

陸晴垂下眼簾，臉上帶著一點夏豔槿看不懂的情緒。

「有時候，那一點忘不掉的遺憾，會變成心裡一道無法癒合的傷口……」還沒等到夏豔槿反應過來，陸晴話未說完就自己先笑了，「妳看我，跟妳說這個幹麼。」

「妳的遺憾是什麼？」夏豔槿看著她的臉龐。

陸晴是個很好看的女生，標準的瓜子臉，生得一雙少見的單眼皮大眼睛，笑起來的時候，眼睛瞇得像月牙一樣；聰慧又帶點獨特的個性，讓她整個人更具魅力。

聽見夏豔槿問，陸晴怔愣了，她的遺憾……嗎？

「是一個人。」

夏豔槿偏頭看著她。

「是妳的戀人嗎？」

「曾經是。」

菜陸陸續續上桌，陸晴盛了一碗湯給夏豔槿。

「發生了好多事情，後來都記不清楚了，但我曾經將那個人傷得很重，雖然兩個人都有錯……那時候我跟他都太年輕，所以沒辦法好好把話說清楚，甚至連離別之前，也沒能好好道別，就因爲憤怒而分手了。」

陸晴的視線停留在料理生魚片的主廚身上，卻又好像不是在看他。

「所以，如果可以的話，就把話說清楚吧。」陸晴笑了笑，「這樣，至少未來不會後悔當初怎麼沒把話說清楚。」

夏豔槿似懂非懂的聽著。

她對李澤浩有還沒說清楚的話嗎？

夏豔槿想了好一會兒，店內日本演歌的旋律在她耳邊迴盪。

「如果，我只是想跟他說：『謝謝你愛我。』」夏豔槿望著陸晴，那雙眼睛裡似乎有她所沒有的智慧，「這樣好嗎？我們都分手了。」

陸晴琢磨了幾秒，「找個朋友陪妳吧，不要一個人做這種事情，太危險了。」

「危險？」夏豔槿下一秒便反應過來，「不會啦，李澤浩的個性還是很好的。」

陸晴咬了口生魚片，「防範未然嘍。」

「那，如果有機會的話，妳想跟他說什麼？」夏豔槿又問。

陸晴的眼睛含著笑意，「要是有機會，我才不會只跟他說幾句話而已。」

錯過的那些，如果有機會，她都想一一彌補回來。

吃完午餐，兩人又回到陸晴的店裡聊了好一會兒天，時間差不多了，夏豔槿向陸晴告別，然後提著飲料去找余書。

畢竟是上班時間，夏豔槿等了一段時間才被請到會客室。這時，夏豔槿有點後悔了，不是每個人都跟她一樣閒著沒事，至少，余書就是一個連週末都要工作的人。

又過了不知道多久，她才見到一身西裝的余書，他手上還拿著文件，從門口走進來。

余書一臉嚴肅，見到她，過了好幾秒才換上笑臉。

「怎麼這時候過來？妳等多久了？」余書在她面前坐下，「還自備飲料，有我的份嗎？」

夏豔槿尷尬的笑了兩聲，「沒買你的，我不知道你想喝什麼。」

「嘖嘖，眞是個沒良心的人。」余書說著，回頭讓祕書送了一杯熱咖啡過來，「找我有事？」

夏豔槿搖搖頭，「沒有，我本來想找你吃午餐，後來計畫有點變動，但是都來到附近了，想說還是來看看你。」

余書聽完她的話笑了，「所以，我該謝謝妳心裡還記掛著我嘍？」

夏豔槿知道他是在開玩笑，就擺擺手，「不用客氣。」

余書抬手在她額上敲了一下，「怎麼沒去上課？」

「不想去。」

余書沒有責備她，只是淡淡的問：「誰幫妳簽假單？」

「我自己。」夏豔槿笑了兩聲，說不出是得意還是哀傷。「我一直都是自己簽的，所以不會被識破。」

余書嘆了口氣，「那妳也不能都不去學校。」

「我沒有。今天星期五嘛，我……下週一就回去上課。」夏豔槿有點心虛，又強調了一下，「我會去上課的。」

余書頷首，「先不說這個。明天有沒有空？我有個朋友的休閒會館今天開幕，邀請我去住兩天，妳要不要一起去？」

夏豔槿眨了好幾下眼睛，滿臉掩不住欣喜，雀躍的問：「可以嗎？」

「當然可以，我帶女伴出席不奇怪。」余書笑，「聽說裝潢得很不錯，妳跟我一起去看看，說不定可以幫我找點靈感。」

「要找什麼靈感？」

「上次帶妳去過的那家甜點店，差不多該改裝潢了。」

兩人聊了好一會兒，等到這個話題結束的時候，窗外已經夕陽西下。

夏豔槿伸了伸懶腰，「我現在才知道，原來人家說用工作忘記情傷是有點道理的，一下子就到這個時間了。」

余書雙手環胸，表情興味的看著她，「才幾歲就說這種話，這個世界還是很有趣的，哪需要妳這麼小就投入工作，就算要找工作，妳目前的能力也遠遠不足。」

「我少什麼能力了？」夏豔槿半開玩笑、半不服氣的問。

「什麼都不夠。」余書斜眼睨她，「沒有相關知識、沒有專業技術、沒有經驗，甚至連學歷都沒有，妳說妳有什麼？」

被余書說教似的批評一通，她火氣都有點上來了，可是仔細想想，她還眞的什麼都沒有。

她投降道：「還好我有你。」

余書臉上掛著的淺笑明顯收斂，他不甚自在的扯開話題，「是啊，下次記得買飲料給我，黑咖啡無糖。」

明知道夏豔槿的話大概是開玩笑的，他卻忽然覺得心口一縮，不知道該說些什麼。

＊

隔天，余書早早就開車到夏豔槿家門外。

她身上穿著一件今年新款的進口軍裝大衣，領口一圈厚厚的絨毛，襯得她的臉又小又白。

他接過夏豔槿手上的提袋，「吃早餐了嗎？」

「還沒。」夏豔槿搓了搓手，「好冷。」

「早餐隨便吃吧？麥當勞好嗎？」

「好啊。」夏豔槿沒什麼意見。

車子駛上馬路，很快的找到了麥當勞買好早餐。

夏豔槿見余書把車開上高速公路，這才發現自己連目的地是哪裡都沒問。

「在靠近中部的山區，沒有很遠，一個小時就到了。」上了高速公路，余書就有心神解釋了。

夏豔槿兩三下就把早餐吃完，吃飽後，她忽然想到此行自己應該算什麼身分。

她問了余書，余書脣角上揚，「不用擔心這個，妳就是以我的女伴身分出席。」

女伴？

她年紀再小也知道這裡頭的含意能有多深，「這樣好嗎？適合嗎？」

余書側頭瞥她一眼，很快又將視線移回前方筆直的公路，「我還以爲妳不會介意。」

夏豔槿偏著頭想了想，「我是無所謂，只是多了我這個女伴，你如果要把妹，會不會不方便？」

余書忍俊不禁，「妳那顆小腦袋都在想些什麼？就算不是以我的女伴身分出席，我都多帶了一個妳，再怎麼飢渴也不會當著妳的面把妹，太不紳士了。」

「爲什麼不會？」夏豔槿理直氣壯的追問，「網路上都說，男人都是喜新厭舊的，不管幾歲，喜歡的女生永遠是十八歲。」

「十八歲太小了，沒有韻味。」余書哈哈大笑，「這次沒有這個打算，如果有就不會帶妳一起。退一萬步說，我是個花花公子，如果眞的要把妹，有沒有妳根本不受影響，我多的是機會可以約到人。」

夏豔槿有些意外的看著他，「我看不出來你是花花公子耶……我一直以爲你是個好人。」

「花花公子也可以是好人啊。」余書微笑辯解，「不過那是好幾年前的稱號了。」

他們又漫無邊際的聊了一會兒。

到了會館所在的山上，他們才剛下車，夏豔槿就被外頭的低溫凍得打了個噴嚏。

「會冷嗎？」余書忙著搬行李，不忘探出頭問她。

夏豔槿原地跳了幾下，朝他吐吐舌，「現在不冷了。」

余書還沒回話，屋子裡就有人迎了出來。

「余書，好久不見，沒想到你眞的來了。」

這個人夏豔槿不認識，她的父母並沒有特意帶她參與這種場合，也鮮少帶她去認識陌生人，因此夏豔槿乖乖站在一邊，看著余書跟對方寒暄。

幾句話之後，那人轉過頭來，「妳就是小槿吧？余書跟我交代過了，我選了一間景觀特別好的房間給妳，妳一定會喜歡。」那人朝夏豔槿伸出手，「叫我傑克就可以了。」

夏豔槿回禮的握了一下，余書笑咪咪的站在旁邊說：「打完招呼就快找個人來幫我搬東西。」

「眞不客氣。」傑克笑著搥了余書一拳，「好，你等著。」

話說完，傑克就快步走了。

余書解下圍巾繞在夏豔槿脖子上，「會冷就戴著。」

「謝謝。」夏豔槿退了幾步，仰著頭望向氣派的大門，「你們很熟啊？」

「還可以，幾年前我還沒這麼忙的時候，一起玩過一陣子。」說起那段過去，余書臉上漾著溫暖笑意，「這幾年，結婚的、事業有成的，都各忙各的，沒有這麼常見面了。」

礙於季節，即使會館有一座美麗的露天游泳池，也不可能在泳池邊進行開幕酒會。

誰會想冒著寒風站在屋外慶祝？何況這裡又是山上，夏豔槿覺得天氣冷得深夜就可能下起雪來。

開幕酒會總是大同小異，就算氛圍比較輕鬆，也不外乎是主人跟貴賓致詞，再讓客人各自交流，吃吃喝喝，最後共舞幾曲，看是相忘於江湖，或是春宵苦短，送入洞房……

余書對這種場合習以為常，夏豔槿倒是很感興趣的四處張望，她少有機會參加開幕酒會，還是身邊沒有父母陪伴的情況下。

余書沒陪著夏豔槿，反倒跟一旁的女生聊起來了。

夏豔槿獨自繞了一圈。

其實和會場中其他女孩相比，她也小沒幾歲，但她不想突顯自己的青春，只穿著簡單的服裝，臉上不帶任何妝粉，比起那些長腿大胸的女伴，夏豔槿看起來確實清新，不過在這種光鮮亮麗、充滿時尚感的場合，她顯得平淡極了。

夏豔槿也不在乎，自己拿著盤子吃了不少美食，又喝下幾杯果汁，然後擎著一只香檳杯站到窗邊，有些置身事外的看著杯觥交錯的場景。

傑克朝她走過來，手上也拿了一只玻璃杯。

比余書小好幾歲的傑克，換上正裝看起來英氣逼人。

開幕致詞之後，夏豔槿才知道會館的主人另有他人，傑克不過是來幫忙，也許有投資一些，但肯定不是主要經營者。

「不好玩嗎？」

傑克比夏豔槿高上一個頭，但比余書略矮些，之前她還沒注意，現在他獨自走來，襯著燦亮燈光，夏豔槿才覺得這個人的外貌不輸余書。

夏豔槿朝他笑了笑，「很新鮮，但我沒找到什麼好玩的。」

「妳喜歡什麼？」

「啊？」夏豔槿愣了一下，反問：「這個宴會嗎？」

「嗯，我看妳繞了一圈，沒想到最後躲到這裡來。」不知是否會場燈光反射的關係，傑克眼睛裡晶亮亮的，眼角笑意彷彿燦爛的花火，看著閃閃動人。

「我是鄉巴佬，從沒來過這種宴會。」夏豔槿說。

「不會的，余書身邊的女人總是不俗，哪可能是鄉巴佬。」傑克一口否決了她的話，「妳在說謊。」

夏豔槿下意識的用指頭搔搔臉頰，不知道該怎麼回答。

是，她大概不像鄉巴佬什麼世面都不曾見過，但這種宴會她確實沒參加過幾次，他不信，她也沒有別的方法證明。

原來說真話也會有人不相信。

夏豔槿正感到苦惱，場中的音樂一改，聽來是一首輕快的舞曲。

「走吧，我們去跳舞。」傑克拿下她手中的杯子，與自己的一起隨手擱在窗臺，「動一動心情會好點。」

夏豔槿任他拉著手腕走進了場中，她只上過幾堂社交舞的課，雖不算擅長，但基本舞步還是知道的，而且傑克很會帶舞，跟著他一起跳很輕鬆，不會感覺到壓力。

會場的燈光隨旋律變換，浪漫的樂音圍繞著他們。

「妳是余書的女朋友嗎？」傑克忽然這麼問。

夏豔槿搖頭否認。

「那妳怎麼會跟他一起來？」傑克又問，他湊在她耳邊低語的姿態，像在調情一樣。夏豔槿實在很難跟傑克解釋，也懶得說清楚，索性反問：「你認為呢？」

傑克盯著她想了一會兒，坦率的說：「不知道，如果我知道就不會問妳了。」

「三言兩語說不清楚，反正我也是因緣際會之下認識了余書，昨天跟他吃飯，他提起這件事，我就跟來了。」夏豔槿算是簡單解釋了來龍去脈，「這件事很重要嗎？」

曲子結束了，但傑克沒鬆開她的手，又拉著她跳了下一首。

「妳年紀太小，我怕余書吃上刑事官司。」傑克半開玩笑又充滿暗示的說。

夏豔槿沒察覺出話裡頭的意思，只是直覺不相信他的話。

不過，既然傑克不想說實話，她也不想打破砂鍋問到底，這只是閒聊的話題，知不知道都無所謂。

所以她把手一甩，兩三步就走了出舞池。

傑克愣在原地，沒想通自己哪裡得罪了她，於是快步追了出去。

「小槿，妳生氣了？」

夏豔槿停下腳步，回頭看他，「沒有。」

「那妳怎麼說走就走？」

夏豔槿扯扯脣瓣，「我說眞話你不相信，你又對我說謊，我覺得這樣的對話太沒有意義了。」她停了一下，像是強調般的又說：「我沒生氣，你放心吧。」

傑克笑嘆，「我知道余書爲什麼帶妳來了。」

夏豔槿笑起來，搖搖頭。他怎麼可能知道原因。

傑克還想說話，余書已經走了過來，「在聊什麼？」

夏豔槿站到他身邊去，「他說知道你帶我來的原因。」

余書哈哈大笑，「傑克，你想追求我的女伴嗎？」

一下子就被余書說破了動機，傑克的臉色有些尷尬，「沒有，就是聊聊而已。」

「哦？」余書似笑非笑的挑眉，「聊聊可以，不過聊過頭就不行，小槿是我的人。」

夏豔槿猛一抬頭，看見余書嘴角上揚的側臉，她震撼了，還有點啼笑皆非，她沒想過這輩子會親耳聽見這句話，還以爲只會在電視劇裡面出現。

「她又不是你的女朋友。」傑克抱怨。

「誰教人是我帶來的？」余書好脾氣的回。

傑克知道再說下去，他也沒便宜好占，只得摸摸鼻子離開，「好吧好吧，祝你們玩得愉快。」說完，揮揮手就走了。

夏豔槿聽著兩人的對話，只覺得好笑。

「還笑？妳惹的麻煩。」余書嘴上雖然這麼說，其實沒有怪她的意思。

夏豔槿聳聳肩，「我只不過跟他跳了一支舞。」

余書知道，因爲他在一旁從頭看到尾，就想觀察夏豔槿會怎麼應付。但看到她直接甩開手走出場時，他還是有點意外。

「妳想繼續跳舞，還是出去走走？」余書問她，「這裡光害小，應該有不少星星能看。」

「那當然是去看星星。」夏豔槿來了興致，「跳舞沒什麼好玩的。」

余書將她從頭到腳審視了一遍，「妳穿這樣可能不夠，我們需要回房間拿外套。」

夏豔槿興奮得點頭如搗蒜，「對了，傑克不是說我房間的景色特別好，你要不要來看看？」

她的邀請讓余書傻了一下，然後他笑嘆著揉揉她的頭髮。

「那就一起走吧。」

她的話裡實在充滿暗示，不過他要怎麼跟夏豔槿說呢……算了，不過一個晚上，夏豔槿也沒有別的機會可以邀人回房賞景，否則他眞想直接把人打包，送回台北了事。

夏豔槿房間的景色確實特別好，面朝一整片的山林，沒有一絲光害的窗景，整個夜空的星光悉數被納入房中。

余書請人送了一點東西到夏豔槿的房間，都是一些小點心，另外就是無酒精的飲料。

兩人坐在窗臺邊，冬夜寒冷，儘管星空燦爛，也架不住四面八方湧來的涼意。但他們還是說了很多很多的話，夏豔槿怕冷，說著說著就站起來跳了兩下暖身。

「走吧，回去睡覺。」余書說。

夏豔槿用很失落的眼神看著他，「我還不想睡。」

「嗯？」余書挑眉，「爲什麼不睡？」

「睡著了明天就來了。」夏豔槿帶著一點孩子氣這麼說。

余書笑出聲，「就算妳不睡，明天還是會來。」

「感覺可以晚一點到。」夏豔槿抿抿唇，表情有點倔強，「我不想回去上課。」

「早點起來，我們可以去林子裡逛逛。」余書柔聲勸說，他明白夏豔槿只是捨不得這一刻。

夏豔槿吐了口長氣，「我現在明白爲什麼這麼多人喜歡旅行了，換個環境、換個心情，好像什麼事情都不重要了。」

可惜，旅行終究只是短暫出逃，最後還是要回到原來的地方。

「人生本來就會充滿各種挑戰跟壓力。」余書拍拍她的肩膀，少女的肩骨瘦弱讓人心疼，「那天我問妳想不想轉學，妳還說再等等。」

夏豔槿扯動脣角，笑容微苦，「那時候不覺得，後來在家休息了幾天，突然很害怕回學校。」

「不要逃避問題。」余書替她打氣，「試著回去面對，如果眞的不行就轉學，但不要什麼都不做，轉身跑走。」

「你說的倒容易。」夏豔槿鬧起脾氣。

余書用指節敲敲她的頭，「我知道不簡單，我又不是沒有經歷過青春期。」

夏豔槿低下頭，「對不起。」

余書起身，給了她一個大大的擁抱。

夏豔槿的體溫確實很低，余書覺得自己像抱了個柔軟的冰塊一樣。

「加油好嗎？」他故意這麼說。

夏豔槿在余書懷裡發出咯咯笑聲，伸手推了推他，忍不住說：「你好溫暖。」

「誰叫妳明明覺得冷還不進去。」

余書話說完，沒讓夏豔槿有抗議的空間，將她身子一扳，推著她的肩膀回房裡。

少女的髮絲從他鼻尖搔過，淡淡的香氣像吹過湖面的微風，一圈圈漣漪晃開，令他一時怔愣。

但余書畢竟是余書，一瞬間的恍神，絲毫沒讓夏豔槿察覺。

「好了，晚安。」

夏豔槿送他到房門，抓住他的袖口問：「余書，明天我們幾點去逛林子？」

余書輕拍她的頭，「冬天天亮得晚，而且山上到九點都還很冷，不用這麼趕。」

「那我們一起吃早餐好嗎？」夏豔槿問。

「妳這樣，我會以爲妳對我依依不捨。」余書半開玩笑的說。

夏豔槿伸手拍了他的手臂幾下，「煩欸，我只認識你，當然只能找你吃早餐。」

余書朗聲大笑，「眞是一點面子都不給我。好吧，我們幾點吃早餐？」

「八點吧？」夏豔槿用手指比出一個八。

「好。」余書答應。

他離開夏豔槿的房間，等她闔上門，他依然站在外頭。

垂首看著夏豔槿剛剛拍打的地方，彷彿還能感覺到她的手掌輕覆在上頭。

他不是摸不著頭緒，也知道自己爲什麼整夜盯著一個女孩，只是，他還需要想一想，他們之間除了年紀之外，仍有一些問題存在。

其中最大的問題是……夏豔槿對他並不是那種感覺。

＊

回程的路上，夏豔槿始終悶悶不樂。

余書起先跟她聊了一下，但她一直懨懨的提不起精神，後來他乾脆不再吵她，兩人整路沉默無語。回到了市區，余書才問夏豔槿是要吃了晚餐再回去，還是要直接回去？

「如果你沒有別的事，我們就一起吃吧？」夏豔槿應聲；沒等余書回答又問：「成年人對於過去，是不是都有一些感到追悔莫及的事情？」

余書瞥了她一眼，「都？」

「嗯，前幾天我在路上閒晃的時候，認識了一個成年人。」夏豔槿隨口解釋，「你快回答我的問題啊。」

「也許吧，人在年輕氣盛的時候，誰沒有做過幾件後悔的事情？」趁著紅燈，余書轉頭看她，「那個人是男的？」

「女生，一個很漂亮的女生。」夏豔槿沒多想什麼，「所以你們才都要我回去面對，就是不希望我以後也後悔？」

「你們？」就算聽見是女性，余書也沒有放鬆戒心，只是嘴上說：「看來那個人的想法與我雷同。」

「成年人都這樣？」

「那不一定，新聞上多的是愚蠢的成年人。」余書停好車，熄了火，「等一下妳仔細跟我說說那個人。」

夏豔槿偏著頭想了幾秒，很快明白余書在說什麼，「沒事，你別擔心，我們只是偶然遇見，就在我去原本想找你吃午餐的那天。」

「反正妳跟我聊聊也沒什麼關係。」余書打開車子的中控鎖，「先吃飯吧。」

他們相偕走入一間日本料理店。

冬雨細細綿綿的落在他們身後，這種天氣讓人不由得想吃點煮物或火鍋。

服務生領著兩人進入包廂，屋裡暖和，才坐下夏豔槿就忍不住脫去外套。

點好餐，夏豔槿雙手撐在身後，愉快的舒了口氣。

「我眞怕你帶我去吃牛排。」

「我知道，妳是東方人的胃。」余書瞇起一雙眼睛，將笑意揉進目光，低頭啜了口店家供應的熱茶，「如果餓了、冷了，就想吃熱騰騰的米麵。」

「你不是嗎？」

「我是老饕的胃，吃什麼都沒關係，重點要好吃才行。」余書笑答。

其實他也想不起來是從什麼時候養成這個習慣，他在夏豔槿這個年紀的時候還在國外，整天跟同學廝混，什麼都吃，直到某一天，他忽然膩了飲食不挑的日子，就開始變得什麼都要吃最好的了。

「難怪，我總覺得你帶我吃的東西都很有水準。」夏豔槿恍然大悟。

「妳還沒說那個人。」余書提醒她。

「她好像跟你差不多大，一頭長捲髮，臉好小、眼睛好大，個性很爽朗。」夏豔槿在腦海中回憶陸晴的形貌，盡可能詳實的描述，「對了，她說她叫陸晴，連名字都這麼好聽。」

余書瞬間收斂了笑容，「……晴天的晴？」

「嗯。」夏豔槿頷首，「咦？你認識？」

余書微微彎了彎嘴角，卻不太像在笑，「同名同姓的倒是知道一個，不曉得是不是同一個人。」

「改天你跟我去看看就知道了。」夏豔槿沒有察覺他悄悄轉變的情緒，「她開的店就在你公司附近，很近。」

很近……嗎？余書垂下眼簾。

如果所有的一切都會消失，那麼再次出現在自己眼前的人事物，是不是應該即時把握？余書送夏豔槿回家之後，手拿紅酒站在落地窗前，想著這個問題。

陸晴。

他已經幾年沒有想起這個名字了？

當年他任性離去，陸晴一個人過得好嗎？

這些年，她是不是已經有伴，或者已經結婚生子？

想起結束得太草率的初戀，余書以爲自己可以一笑置之，沒想到，當他知道陸晴就在離他這麼近的地方時，心裡的感覺會如此複雜。

他想見她，又害怕見她。

當年的事情就算是誤會一場，可終究是他先轉身離開，是他先放棄陸晴，年少的愛太炙熱又決絕，他完全不能容忍陸晴是爲了他們家的錢跟他在一起，就算只是她的家人這麼想都不行，絲毫沒有考慮陸晴是真的愛他的可能性。

或者在他心裡，始終認爲會跟自己在一起的人，多少都是看在錢的面子上。

余書一口仰盡手中的酒，爲了自己的念頭發笑。多少年了，仍然跨不過這道傷口。

可見年少時光之所以重要，就是所有的事情都會深深刻印在腦海，尤其是傷痕。

後來，他離開之後，再也沒有任何關於陸晴的消息。

剛開始，是他不願意知道，漸漸的沒有任何人提起，之後，就再也沒有人知道他生命中曾有過一個女孩叫陸晴。

其實他大可找人調查，只是日子久了，這個動作也顯得沒有意義。

況且，陸晴過得如何，他不敢知道。

怕陸晴沒有他之後過得很淒涼，那他會怪自己，卻更怕陸晴沒有他之後，過得依然安好，彷彿有他沒他都無所謂。

余書安靜的看著窗外的夜景。

夏豔槿口中的那個陸晴，會是他的陸晴嗎？

或者只是一個同名同姓的巧合？

余書輕笑了一下，笑自己還像青少年一樣患得患失。

不管是不是同名同姓，或許陸晴早已忘了他，畢竟過去這麼久的時間，腦海中記憶的那個模樣甚至變得模糊。偶爾想起那段過去，就像看著舊電影，那麼朦朧又不切實際。

桌上的電子鐘嗶了一聲，提醒他已是深夜整點。

他想了一會兒，仍舊拿起手機，在備忘錄裡記下「調查陸晴」四個字。

希望今晚能有一夜好眠，做點夢也無妨。躺上床的那一刻，他這麼想著。

原以爲會失眠，沒想到頭一沾枕，這兩天的疲勞一湧而上，余書很快沉入夢中。

夢裡的陸晴哭著，不停的說：「不是的，我是眞的喜歡你才跟你交往，不是因爲錢。」

他很想說他相信，但脫口而出的卻是一句句嘲諷的話。

最後，陸晴轉身離開，他想追，腳下彷彿生了根，一步都邁不開，直到陸晴消失在他的視線裡，夏豔槿卻從那個方向朝他走來，拿著剪刀把那些束縛他的藤蔓都剪斷了。

那瞬間，余書醒了，房間裡仍是一片漆黑。

他深深吸氣，確認自己還活在當下的世界，沒有回到過去。

回想剛剛的夢，余書撫著額角苦笑。

沒想到，陸晴在他的夢中，形象這麼清晰。

原來他始終沒有忘記陸晴，只是沒有想起。

*

鬧鐘響起之前，夏豔槿自己先醒了。

或者說，昨夜她根本沒有睡好。

鬧鐘一響，夏豔槿伸手按掉，握著手機發了好一陣子的呆，才起身刷牙洗臉。

如果逃避，是不是就表示她輸了？

她不願意輸給陳琳伶。

到了學校，夏豔槿刻意不去看周遭的人，只是低著頭，快步走進自己的班級。

也許是余書的出面讓事情好轉，又或許是她跟李澤浩的分手起了作用，這個早自習居然沒有人惹她，也沒有任何人趁她走出教室的時候找她麻煩。

夏豔槿鬆了一口氣，只要能挺過這幾天，日子未必這麼難捱。

只可惜她高興得太早，早自習還沒結束，教官已親自來教室通知她，要她跟黃麗瑄、陳琳伶還有李澤浩一起去報到。

把所有引起紛爭的人都抓在一起，是想一次解決問題，還是想讓他們打一架，用武力決勝負？

穿上外套，夏豔槿沒有停留的穿過走廊，抵達教官室之前，碰見了李澤浩。

兩人視線對上的那一瞬間，夏豔槿其實想開口說點什麼，但那些話卻哽在喉頭，吐不出，只能嚥下。

兩人都維持緘默，一前一後進入教官室，然後黃麗瑄跟陳琳伶也到了。

天氣依舊寒冷，就這麼坐著，彷彿渾身都要被凍僵。

教官帶著他們進入會客室，他清了清喉嚨說：「事情已經查清楚。」

夏豔槿冷笑了聲，覺得這根本只是在裝腔作勢。

教官自然沒有理會夏豔槿的反應，逕自道：「經過確實的調查，這些事情都是因陳同學教唆所引起，所以有關財物方面的損失，我們會請陳同學全數賠償……」

夏豔槿沒等教官說完，忍不住插話，「我不要錢，我要她跟我道歉。」

教官皺眉盯著夏豔槿幾秒，然後對陳琳伶說：「既然夏同學都這麼說了……」

陳琳伶咬著下唇，完全不肯服氣，「我不道歉！是她先劈腿的，她才應該要跟學長道歉！」

夏豔槿困惑的看著陳琳伶，「我沒有劈腿，這消息從哪裡來的？」

陳琳伶指向黃麗瑄，「她不是妳朋友嗎？就是她在群組裡面說的。整妳的那些人跟那些把戲，都是她的功勞。從我第一次拿走妳的腳本開始，就都是她指使的。」

陳琳伶說的話，每一個字她都聽得清清楚楚，但全部湊在一起，大腦卻像當機似的無法理解，或許是這段話語揭露出的眞實太殘酷，所以她下意識拒絕接收。

順著陳琳伶的指尖看去，對上的是黃麗瑄沉靜的眼眸。

「我沒有劈腿。」夏豔槿對著黃麗瑄強調，除了這句話，她居然不知道此時還能說什麼。

黃麗瑄頷首，「我知道。」

簡單三字，瞬間點燃她心中的憤怒之火，夏豔槿拔高音量，質問這個她視爲「朋友」的人，「那妳爲什麼要害我？」

「我不想看學長繼續被妳折磨，我也不想看妳過好日子。」黃麗瑄勾起一彎譏諷的笑，「妳這種人就是不懂得珍惜別人，有錢眞好是不是？連在學校都有人幫妳出頭，如果今天不是妳家有錢，妳以爲學校會特別重視這件事情嗎？」

黃麗瑄的笑容依舊，眼神卻逐漸變得冷酷，「不，不會，都是因爲妳家有錢，所以就能隨意浪費跟踐踏他人，可是我們做錯什麼了？不過就是投胎的時候生錯地方而已。」

夏豔槿想起那些日子。

跟黃麗瑄一起到圖書館念書、一起商量腳本被偷怎麼處理，她甚至買了禮物跟人工皮送她，只是希望她好過一點……

夏豔槿第一次知道，原來心的疼痛會令人喘不過氣。

「我並沒有對不起妳。」她像隻幼獸，嗚咽著吐出話語，眼淚無聲的從眼角溢出，「妳為什麼要這樣？」

「有，妳有。」她的眼淚並沒有讓黃麗瑄冰冷的目光稍稍回暖，「妳跟我說，妳一點都不喜歡李澤浩，最後卻毫不猶豫的跟他在一起。妳說，妳有沒有對我說謊？」

黃麗瑄一動也不動的用眼神譴責她。

「妳有猶豫過嗎？有考慮過我的感受嗎？當妳一次次說妳不喜歡他的時候，是不是也在看我笑話？」黃麗瑄口氣平板，似乎沒有參雜任何情緒，然而逼問的字句卻像鋒利的冰刃，能輕易刺入她心靈深處，「是妳先對不起我，如果妳能好好對待學長的話，我可以原諒妳，偏偏妳總是對他忽冷忽熱。我渴望的東西，妳卻一點也不珍惜！這是不是妳的慣性？喜歡踐踏一切輕易到手的東西？」

黃麗瑄的指控，夏豔槿完全無話可反駁。

原來她以為的好朋友是這樣看待她的。

原來黃麗瑄在她身邊，只是為了蒐集情報好慫恿別人整她。

所以，之前她很苦惱的跟黃麗瑄討論應該怎麼對付陳琳伶的時候，黃麗瑄是不是背地裡都用看好戲的神情，看著她哭、看著她出醜？

悲傷和憤怒在胸口翻騰，夏豔槿猛一抬手想打黃麗瑄，卻反被她抓住了手腕。

「妳還好意思打我？這些都是妳的錯！」黃麗瑄惡狠狠的反制，並將她的手用力一甩，低聲笑了笑。「我還想說，不知道要跟妳演好朋友演到何年何月？妳怎麼這麼蠢，一點都沒有察覺到呢？」

「夠了。」一直悶不吭聲的李澤浩突然開口，「是我的錯。」

陳琳伶用力抓住李澤浩的衣袖，「不是，是夏豔槿自己不好！」

李澤浩拉開陳琳伶的手，疲倦的抹了抹臉，「妳們居然可以聯合起來這樣傷害一個人？」他幽幽的目光投向黃麗瑄，「小槿對妳這麼好。」

「是啊，不管她做什麼，在你心中都是好的。」黃麗瑄回望他，往日的戀慕從眼底抽離，取而代之的是一片冷淡，「這也是你的本性，犯賤！」

「夠了！」李澤浩怒吼，「無論如何，妳都不應該這樣傷害別人的眞心！」

教官未曾想過場面會失控成這樣，他深吸一口氣，想說些話制止，卻不知道該怎麼做，這種時候還叫她們向夏豔槿道歉，是不是太可笑了一些？

「那就全部記一支小過，你們四個都要去輔導室報到。」這是教官最後所做的處理。

夏豔槿慢慢抬起臉，視線從李澤浩轉移到黃麗瑄臉上。

「麗瑄，我還是不懂……」她起身，搖搖晃晃的走了幾步，在黃麗瑄面前站定，「所以這些事情妳都知道嗎？」

「她怎麼會不知道？」陳琳伶冷笑，「那些都是她設計的，妳把她當成朋友，她把妳當成敵人，只有妳還傻傻的，買了一堆人工皮給她，要是妳早知道她是故意跌倒，好讓妳不能去比賽，妳還會不會這麼做？」

陳琳伶補充的這幾句話，是壓垮夏豔槿的最後一根稻草。

她向後跌坐在椅子上。

「原來是這樣。」她喃喃道，突然覺得自己連憤怒都沒辦法了……

摀住臉，溫熱的眼淚滴在掌心。

原來真心遭受踐踏是這種感覺。

黃麗瑄怎麼能對她的好意視若無睹？這段期間，她有無數次機會可以反悔，卻還是沒有停止，而是選擇一而再、再而三的傷害她。

如果余書沒有出面，事情要發展到什麼程度，黃麗瑄才會真正覺得夠了？

要到什麼時候，她才會明白她正在傷害的人對她這麼好。

或者從一開始，黃麗瑄就沒把她當一回事，所以她的好意看在她的眼裡，全都一文不值……

雨一直下。

夏豔槿渾渾噩噩的上完一整天的課，一句話也沒跟別人說。

她不知道怎麼處理這樣的事情。

如何判斷別人說的是不是真心話？或者世界上的所有人都會說謊，都是為了利益才跟別人相處？

夏豔槿不發一語的走在路上，雨仍舊下著，她卻沒有撐傘，任憑雨水從她的髮梢滴落，絲毫不覺。

天色默默暗去，她不知道自己走了多久，只是漫無目的繼續向前，像是被人設定好路徑的機器，沒有停止的意思。直到有人拉住她的手臂，她才停下步伐。

「學妹！」

夏豔槿回頭看了幾秒，眼神聚焦之後才看清楚，那人是一樣渾身淋溼的李澤浩。

「不要淋雨。」李澤浩扯著她的手臂，「我送妳回去。」

夏豔槿深吸了一口氣，「我跟你道歉，我不知道原來這一切都是我自己的問題，跟你無關，你也只是受害者。」

李澤浩沒回話，只是握住她的肘彎，「不要再說了。」

「不，我要說。」夏豔槿拗起脾氣，「有人跟我說，千萬不要做會讓自己後悔的事情，所以是我的錯，請你原諒我。」

李澤浩一把將她抱入懷中。

「是我的錯！是我沒有好好保護妳，妳說的對，我的確是很享受那種受人追捧的虛榮感。」李澤浩緊緊抱住夏豔槿，雨水落在他們頭上，冰冷得像能使人的體溫跟著趨近於零。

夏豔槿只是靜靜的讓他抱著，彷彿這個擁抱與她無關。

「或許我沒有資格這麼說，但是，能不能請妳再給我一次機會？」李澤浩抓著她已經溼透的肩膀，直直的望進她的眸心，「我不想就這樣跟妳分手！」

震天的雷聲劈下，遠處甚至傳來汽車防盜鈴響起的聲音。

夏豔槿看著他的眼睛，輕輕掙脫了他的手。

「不，我再也不想跟這些事情扯上關係，我會轉學，也請你讓我離開。」夏豔槿的眼淚伴隨雨水在臉上淌流，她分不清楚，究竟是雨水還是眼淚更多一些。

「只要見到你，我就會想起黃麗瑄。」提起這個名字，她的聲音裡有著難以掩飾的顫抖，「我不想再看見她，就連想起她也不願意。謝謝你曾經愛過我，可是，再見。」

夏豔槿退了一步，退到李澤浩伸手不能觸及的距離。

「我不知道我們之間的帳要怎麼算，到底是你連累我，還是我拖累你，現在都分不清楚了，那就當扯平吧。」夏豔槿哽咽道，「我走了。」

李澤浩伸手攫住她的手腕，「至少……讓我再送妳一次。」

夏豔槿緩緩的扯回自己的手。

「不用了，一送再送，永遠沒有眞正離別的那天。」她想笑，卻怎麼也無法牽動嘴角。

夏豔槿走了幾步，回過頭，隔著雨幕，依舊看得到李澤浩站在原地，一動不動。

「希望時間眞的可以沖淡一切。」夏豔槿看著他，「希望，有朝一日再見面的時候，我們都已經釋懷。」

她轉過身，眼前一片模糊。

假如那些事情已經怎麼樣都理不清，那就徹底捨棄吧。

*

夏豔槿很快的轉學了。

離開公立高中，轉入了私立高中。

她不知道余書是怎麼處理的，她倒是見了久違的父母一面，上次見他們是蕭家婚禮那一天，這段期間，她都已經跟余書混熟了。

父母問了她許多事，包含余書跟學校的方面，最後和她確認是否眞的想要轉學？

如同拷問般的過程，夏豔槿一一回答之後，疲憊的點點頭。

她再也不想穿上那一身制服，不想再走進那個地方。

三天後，余書聯絡她，約了下班之後的時間，叫她去他的辦公室拿新制服跟入學通知。

「年輕就是不一樣，新陳代謝眞好，三天沒吃飯就能瘦得跟非洲難民一樣。」余書忍不住調侃她，「我猜這世界上有一半的女人想要妳這種體質。」

夏豔槿半點活力也沒有，「你幹麼這麼說話，我得罪你了？」

「沒有，我什麼身分，哪有資格讓大小姐得罪。」余書還不饒她，「妳都能這樣對待自己的身體了，別人怎麼樣對妳重要嗎？」

「余書，我今天沒有心情鬥嘴。」

「是，妳連吃飯都沒有心情，還談什麼鬥嘴。」

夏豔槿霍地站起身，「你到底想怎樣！」

余書無可奈何的吐了口長氣，「吃飯，已經訂好餐廳了，替妳慶祝新生活開始。」

「有什麼好慶祝的。」夏豔槿仍然一副了無生氣的模樣，「只不過是換另外一個地方念書。」

「既然如此，妳回去原本的學校好了。」余書也動了氣，打從一見到夏豔槿那副頹喪的樣子開始，他就心生不悅，「虧我大費周章替妳拿到入學證明。」

「那些事情你叫祕書去辦也一樣能拿到。」

「對，我花錢雇一個康乃爾畢業的祕書來辦妳的事，夏豔槿，妳眞有本事。」余書冷眼看她，「祕書這麼好用的話，我還這麼辛苦工作做什麼？還是妳以爲報出余家的名號就能走遍天下，連跟妳父母講清楚狀況都能讓祕書去？」

夏豔槿沉默了幾秒，悶悶的說：「對不起。」

余書不作聲，只是起身，穿上了西裝外套。

沒料到夏豔槿卻一把抱住了他。

「余書，到底要怎麼樣才能看透別人是不是在說謊？我眞的不會……」夏豔槿把頭埋在他的懷中。

余書力道輕柔的擁住她。

「我沒有辦法教妳怎麼分辨。」余書笑了，神情有些蒼涼，「這就是成年人爲什麼越來越虛僞的原因。」

誰都不相信誰，任憑嘻笑怒罵，反正都是假話，誰要當眞？

「那你們怎麼談話？」

「我們有合約、有律師，如果妳見過律師，妳就會知道這個世界上沒有絕對的眞假，人們可以從明文規定的法條裡翻出別的花樣，原本有把握的案子都可能在最後一刻翻盤。」余書輕聲道。

「這個世界怎麼這麼汙穢？」

余書溫柔的摸了摸她的頭。

「但妳可以盡力保持乾淨。」余書握著她的肩膀，用了點力氣才把她從懷裡拔開，「水蛭啊妳？」

夏豔槿總算重拾笑顏，「余書，沒有你我怎麼辦？」

「生命自會找到出路。」余書笑睨她，「走了，吃飯。」

＊

這間私立高中一學期的學雜費就將近八萬，幾乎是中產階級一個月的收入。

放眼望去，確實比之前的公立學校要漂亮得多，一班也只有二十個學生，人人穿著款式獨特的訂制服，顯得特別的奢華。

不像公立學校一班塞了三、四十人，如果兩人一起站在教室走道上，還必須一前一後挪出空間；但在這裡就算並肩站立，都有位置可以讓第三人通過。

導師向同學介紹了夏豔槿之後，便安排了屬於她的位子。

室內全年無休的中央空調，維持恆溫二十五度，上起課是那樣輕鬆，四堂課轉眼間結束，午餐時間她一個人吃著飯，不管誰來都不想搭理。

放學之前，余書已經接到學校通知，說她不願意融入群體。

他完全可以理解，只能請老師多多關照。

曾和許多女人交往過的余書，在他眼中，夏豔槿也許不是最漂亮的一個，但肯定是最麻煩的一個。

正當他還在苦惱的時候，夏豔槿的訊息已經傳來了。

「晚上一起吃飯好不好？」

「好，那妳來公司找我。」

夏豔槿傳了個OK。

他等等有個小型會議要開，實在抽不開身，而且夏豔槿的新學校離這裡實在太遠，與其親自去接她，倒不如請她家的司機送她過來，省了來回奔波的時間。

祕書敲了敲門板，「BOSS，你有客人，要見嗎？」

「有約？」他邊回應邊翻閱桌上的文件。

「沒有，我們請她另外約時間，但是她堅持要見你一面。」

余書沒有什麼老闆架子，要見他不難，按照正常程序走就可以，臨時有訪客的情況雖然不常見，但也不是沒遇過。

「那位小姐說她叫陸晴。」祕書又補充。

余書手上的動作一頓，他抬起頭問：「還有多久開會？」

「半小時。」

「請陸……小姐到會客室，會議晚十分鐘開始。」余書交代，同時從座位上起身，「給她綠茶，不加糖。」

聞言，祕書有些錯愕，但僅僅一秒就回復原本冷靜專業的表情。這位訪客應該是BOSS的舊識，而且還是很熟的那種，否則怎麼會連人家喜歡喝什麼都知道？

「好的。」祕書應聲退出辦公室。

余書本來想立刻走出去，剛踏出一步卻又停了下來。

陸晴。

雖然他已經知道她所有的事情，可是始終沒有去見她，這一陣子又忙著夏豔槿的轉學事宜，陸晴的事就先擱置了。

他從未忘記陸晴喜歡喝什麼，那一瞬間，他依然能毫不遲疑的吩咐祕書備妥陸晴的喜好。

余書捏捏眉心，他從來沒有贏過陸晴。

祕書再度前來，通知他陸晴已經在會客室，余書整了整衣領，跟著走了出去。

既然人已經來到如此近的地方，那麼，他也沒有理由逃避。

會客室裡，陸晴心中的緊張沒有比余書少。

她今天穿著余書最喜歡的杏色連身裙，十多年沒見面了，余書還會喜歡她嗎？

或者只是把她當成老朋友，見或不見都無妨？

「好久不見。」余書站在門邊，先出聲打了招呼。

陸晴抬眼看向他。

年少的輪廓依稀存在，可是他身上的氣質已經截然不同了，穿著西裝的余書，散發出商業菁英的氣息，雖然臉上帶笑，但已然不是過去宛若炙熱太陽的少年笑靨了。

「我……」她緩緩站起，想好的腹稿在這瞬間全都遺忘，陸晴只好低低說了句：「好久不見。」

陸晴本來就抱著賭一賭的心態，見到余書之後，目的已經達成，她只跟余書話舊幾句便藉故離開，余書甚至還有時間休息一會兒。

之後那個小型會議，余書心不在焉的開完了。

他當然知道人一定會變，只是當陸晴眞正出現在他面前時，他感嘆自己居然能假裝得這麼好，彷彿陸晴本來就應該是這個樣子。

「你在想什麼？」夏豔槿伸手在他眼前晃了兩下，「累了嗎？」

余書搖搖頭，「也不是，只是今天見到了意料之外的人。」

「誰？」夏豔槿好奇的問，又笑著說：「能讓你失神的一定是個正妹。」

余書唔了聲，「確實，是正妹。」

夏黰槿眨了眨眼，「也介紹給我認識？」

「妳已經認識了。」余書淡笑，然後突兀的將話鋒一轉，「我今天接到學校電話，說妳不願意融入群體。」

夏黰槿吐吐舌，眼珠子瞄向別處，「學校爲什麼通知你？你又不是我的監護人。」

「所以妳知道那些事情，不是祕書幫妳辦的了吧？」余書調侃道。

「你還在記恨，那天我心情不好嘛。」

「我看妳這陣子的心情從來沒好過。」余書一針見血，不給夏黰槿迴避的機會。

夏黰槿喝了口飲料，躲開了他的目光，「等一下我們去對面的大學走一走？」

「……好。」余書拿她沒轍，「不喜歡新學校？」

「無所謂喜不喜歡，上學只是必須要做的事情。」夏黰槿隨意回道，「我不知道要跟他們說什麼，他們的話題我也沒有興趣。」

「什麼話題？說來聽聽。」

「甲說：寒假要去愛丁堡，乙說：還是去奧克蘭過冬，丙說：乾脆折衷去巴塞隆納，法國就在旁邊，膩了還能去巴黎買東西。」夏黰槿托著臉，「難怪人家都說富不過二代，他們從小過這種奢華生活，一只包包上萬元都是正常的價錢，對他們來說，一點也察覺不到自己的浪費揮霍。」

「那妳想去哪裡？」余書因爲她正經的口氣而覺得好笑，同時也好奇。

「沒有特別想去哪裡，不過比起海，我比較想去山上。」

「想隱居？」

夏豔槿睜大了眼睛，「你真是料事如神。」

余書嘴角上揚。

他們很快用完餐，然後一起走到對面的大學。

「那妳寒假想做什麼？」余書又問。

夏豔槿雙手插進口袋裡，「不知道，在家裡耍廢，先睡到自然醒再說吧。」

「妳不想出去玩？」

她搖頭，「一個人去哪裡好像都差不多。」

「那我們一起出去旅行吧？」余書提議。

校園裡樹影晃動，昏黃的燈光讓寒冷的天氣平添幾許浪漫。

夏豔槿抬頭看他，燈光勾勒出余書的輪廓，朦朧得有些不真實。

「好啊，去哪兒？」

余書快速的在腦中搜尋值得推薦的地點，「冬天……我們去京都吧？」

「好。」夏豔槿沒花幾秒考慮就答應。

余書伸手摸摸她的頭，語氣一轉，又說：「妳口中那些無趣的話題，就是我的學生生涯，每個假期都在想要去哪個地方玩。」

夏豔槿看向他，眼神充滿訝異，「我不知道你也是這樣的人。」

在她眼中，余書就該跟所有人都不一樣。

*

轉學之後的兩週就是期末考了，私立學校的進度更快一點，考卷發下來，夏豔槿將近三分之一的題目都不會。

幸好余書之前就幫她做過心理建設，所以她早有準備，自己大概會是全班最後一名了。考完試的隔天就放寒假，距離余書排定的旅行尚餘十天，她還有足夠的時間可以購置旅行用品。

她上網找了旅行必備清單，花了一天採買，在沒事做的情況下，拜訪了陸晴的店。

陸晴正在把貨物上架，這樣的小店常開在商圈附近，賣的東西幾乎獨一無二，因爲是店家特別從國外採買回來的。

見到她來，陸晴一臉欣喜的迎上前。

「放寒假了吧？」她精神奕奕的笑問。

「嗯，過幾天要去日本，今天沒事做，就來找妳。」

陸晴招呼她坐下，「那好，妳坐一會兒，我泡茶給妳喝，現在還沒什麼客人。」

「好。」

夏豔槿原地轉了轉，把腳邊的東西一一擺上貨架。她雖然不懂商品陳設的學問，但擺放得錯落有致，還是辦得到的。

沒多久，陸晴端著茶跟餅乾出來，見到商品都已擺上櫃子，忍不住失笑，「妳是客人，怎麼還忙那些？」

「沒有多少東西，我就順手放上去了。」夏豔槿回到桌邊，「生意好嗎？」

「還過得去吧，幸好店面是自己的，否則可能付不出房租。」陸晴笑嘻嘻的，神態輕鬆，彷彿這件事一點都不重要，「我看妳臉色不好，上次的事情解決了嗎？」

夏豔槿轉轉眼珠子，「算吧，我轉學了，大概也算解決了。」

陸晴啊了聲，「這樣也好，求學環境還是單純點，才能念好書。」

「妳跟我聊聊妳的初戀好不好？」夏豔槿兀自將話題一轉，她今天就是爲了這件事而來的。

陸晴輕輕笑起來，成熟女子自有一股韻味，風采絕佳。

「妳怎麼突然對我的初戀有興趣？」

「就是想知道別人的初戀都是怎麼回事。」夏豔槿直率的說，「我記得妳跟我說過你們發生誤會，後來呢？」

陸晴端起茶抿了一口，「我從頭說吧。」

其實，那是個情節再簡單不過的故事，男孩家裡是數一數二的富有，女孩家裡雖然也是做生意的，但遠遠比不上男方。

女孩是個漂亮得從來不乏追求者的美人，即便是含著金湯匙出生的男孩也一樣難敵她的美麗，見到她的第一面就喜歡上她。

所以兩人交往了。

女孩的父親知道了，他看中的是男孩深具財力的家世背景，所以要她千萬不能放手，就算吵架也要盡量讓著他。

偏偏這番話正巧讓男孩聽見了。

她不是沒想過解釋清楚，也不是沒想過男孩因此會有多傷心，可是這些話她都沒辦法對他說了。

男孩跟她大吵一架之後，轉身就走了，徹徹底底消失在她的生命裡。

這幾年，她早就回到台北，但身邊已有其他人，直到結了婚，又離了婚，她才頓悟自己最想要的、心底最愛的，還是當年那個人。

陸晴垂下眼眸，十幾年的故事，說起來竟然不用半小時。

「『如果當年把話說清楚……』這個假設就像是我心裡的魔咒一樣，這幾年怎麼樣都掙脫不開，所以只能回來。」

回來嘗試著彌補。

離開了陸晴那兒，時間不過下午三點，夏豔槿想做點什麼打發時間，但是又不知道該做什麼。

在街上閒晃了半個鐘頭，還是無處可去，她只好轉頭回家。

沒想到，等在家門前的，卻是一個不在她計畫中，而且還沒準備好再相見的人。黃麗瑄。

起初夏豔槿並沒有認出她來，走近了才發現是她，但已經閃躲不掉。

黃麗瑄就站在夏豔槿家門口，臉色倒比她還蒼白。

「嗨，最近……好嗎？」黃麗瑄先開口了。

夏豔槿沉著臉看她，「託妳的福，新學校新環境，一切都很好。」

黃麗瑄臉色尷尬，愣愣的望著她一會兒，「我……有件事想跟妳說。」

夏豔槿扯扯唇，覺得有些可笑，「但我不想聽。」

她錯身從黃麗瑄面前走過，掏出鑰匙開門。

但黃麗瑄伸手拉住了她的袖口，聲音微弱的說：「……拜託。」

夏豔槿微微回頭，用眼角瞄她。

這時候她多希望自己是個沒教養的人，就可以一巴掌打在黃麗瑄臉上，跟她說一句：妳憑什麼？

但她終究做不出這種事。

「巷口咖啡館。」夏豔槿開口，指著前方。

「好。」

咖啡館距離不遠，大約兩百公尺，但過去無話不談的兩人，此刻卻覺得這兩百公尺遠得像是兩公里。

走進咖啡館，夏豔槿找了個位子坐下，替自己點了杯熱奶茶，原本也想幫黃麗瑄點杯什麼，一杯百元上下的飲料，黃麗瑄肯定覺得有負擔，才陡然想起人家根本不屑她這般好意。

於是，夏豔槿把點單還給服務生，那人等了一會兒，沒等到黃麗瑄說話，也就收拾了另一份菜單轉身離開。

黃麗瑄苦笑。

夏豔槿看著窗外幾秒，又下雨了。

水氣這麼重，去日本的話應該可以看到雪景吧？她腦海裡忽然跳出這個念頭。

「找我有什麼事？」轉回臉，夏豔槿語氣淡漠的說。

「我想跟妳借錢。」黃麗瑄深吸口氣，丟出一句驚人的話：「我懷孕了。」

夏豔槿嚇傻了，好半晌回不了神，直到熱奶茶送到桌上，夏豔槿一手端起，有些急躁的啜了好幾口，才又問：「李澤浩的？」

「嗯。」

「那妳找他啊！」夏豔槿不自覺的提高音量，「誰弄出來的誰負責。」

黃麗瑄一雙眼眸半點波瀾也沒起，面無表情，看不出是心死還是根本沒被夏豔槿的高分貝嚇到。

「那天之後，我再也沒見過他，打電話他也不接，去班上找他，他只當不認識我。」黃麗瑄很平靜的陳述。

夏豔槿無語，誰又想得到會有這樣的事情發生。

「妳還是應該跟他說，畢竟是……」夏豔槿有些結巴，「他的孩子。」這四個字，她完全沒有想過會在這個時間點說出口，至少高中畢業之前，不應該提到這四個字吧……

「他不見我，我沒有辦法。」黃麗瑄似乎早已整理好情緒，對於李澤浩的態度，沒有半點批評。

夏豔槿倒是生氣了，「他不肯見妳，當初就不應該跟妳上床。」

黃麗瑄笑了，十足嘲諷的神情，「要不是妳跟他分手，他也不會喝得爛醉。」

「這麼說還怪我嘍？」夏豔槿沉默了一會兒，「什麼時候發生的事？」

「在妳還不知道我是主謀，全心以爲是陳琳伶的問題的那天。」

事情展開的理所當然。

一個失戀的男人跟一個滿心傾慕的女人，在男人喝醉之後發生了關係。

夏豔槿緘默許久。

雨還在下，玻璃窗上一顆顆晶瑩水珠不斷交錯滑落。

「那妳家人呢？」她知道黃麗瑄家境不好，所以一直不過問她家裡的事情。但如今走到這步田地，不問也不行了。

「我不能讓他知道。」黃麗瑄冷靜的回答，「我爸會打死我，我沒有誇張，他是個酒鬼，每天除了去工地工作以外，在家的時間都在喝酒。」

「那……」妳媽呢？

也許是夏豔槿的表情太過清楚，黃麗瑄勾了勾半邊嘴角，「我早就不記得我媽長什麼樣子了。」

「可是，妳還未成年，就算要……」她頓了一下，眼睛微微瞠大，「人工流產，也要監護人同意。」

「如果有夠多的錢就不需要。」

夏豔槿恍然大悟，「所以妳要跟我借錢。」

「對。」

夏豔槿腦子空白一片。

說她恨黃麗瑄一點也不爲過，霸凌事件發生至今，夜裡她還會不停的問自己：她是不是眞的錯了，黃麗瑄才會這麼對她？

又或者眞如黃麗瑄所說的，她是那樣的不堪，令人難以忍受？

如果可以，她這輩子都不想再看見她。

她定睛注視黃麗瑄的臉。

但是，黃麗瑄必然已經想盡了所有辦法，逼不得已才會找上她。

夏豔槿嘆了口氣，暫且放下心中的糾結，「妳不考慮把孩子……」

「不。」黃麗瑄打斷她，「你們這種有錢人不會明白家裡只剩下一百塊要過三天的感覺，如果我把小孩生下來，那我連上大學的機會都沒有，這個孩子只會跟我過著三餐不濟的日子，最後一起在貧民窟裡沉淪。」

黃麗瑄直視夏豔槿，「也許這就是我討厭妳的原因，我想要的一切，妳都輕而易舉的擁有了，而且揮霍得如此自然。」

夏豔槿沉默。

她知道自己的生活並不像黃麗瑄形容的那麼美好，可是，難道她要跟黃麗瑄爭論其中的對錯嗎？比起黃麗瑄，她確實已經擁有太多。

不知道爲什麼，這一剎那，她忽然就原諒了黃麗瑄。

終究，每個人都有自己的苦衷，誰也不比誰好過。

「這件事，我一個人沒辦法幫妳。」

「如果妳要告訴學校，我現在就走。」黃麗瑄說完，預備起身。

夏豔槿接下來說的話暫停了她的動作，「我要找余書，我不覺得我們兩個人想的方法會比他好。」

黃麗瑄凝望她數秒，然後點頭同意了。

夏豔槿在電話裡將來龍去脈快速的說了一遍。

余書在另一頭沉默了一會兒，片刻後，對夏豔槿下了指令：「我立刻到，妳們倆在原地待著，哪裡都不准去。」

「不急，就是要跟你商量才打電話告訴你。」夏豔槿這麼說。

余書揉了揉額角，「夏豔槿，妳眞的是待著不動都能惹來麻煩。」

「這怎麼能怪我？」夏豔槿無辜至極，「總之，你慢慢來，我們等你。」

掛了電話，窗外天色已完全暗下，一片漆黑。

店裡有其他客人點了餐，食物的香氣在四周蔓延。

「要吃點什麼嗎？」夏豔槿問。

黃麗瑄搖頭。

夏豔槿頷首表示明白，舉手招來服務生，點了一人份的小火鍋。

黃麗瑄表情木然的看著她，「妳眞的變了。」

要是以前，夏豔槿肯定會再多點一份東西放在一旁，然後說自己食量大，可是她怎麼會看不出來，這是爲了她的自尊心。

夏豔槿靠上椅背，「託妳的福。」

就算她原諒了黃麗瑄，也不表示她們可以回到過去。

余書很快就來了。

來的時候，他看見正在大快朵頤的夏豔槿，還有坐在她面前、連一杯飲料都沒點的黃麗瑄。

「妳好。」余書跟黃麗瑄打了聲招呼，轉頭在夏豔槿身旁坐了下來，「手機呢？」

夏豔槿想也沒想的就把整個包包交給他，「在裡面，你自己找。」

余書搜出了她的手機，「李澤浩的電話？」

夏豔槿探頭過去，解開螢幕鎖，找出李澤浩的電話，「你要聯絡他？」

「當然。」余書看向黃麗瑄，「很抱歉，必須這樣傷妳的心。」

即使面對是傷害過夏豔槿的黃麗瑄，余書依然保持著紳士風度。

黃麗瑄微微彎了彎嘴角，「他要是接了還比較好，這件事情他也應該知道。」

用夏豔槿的電話打，李澤浩果然很快就接了，然後余書把事情說清楚，對李澤浩，他的口氣就沒有這麼好。

「無論如何，你必須負責任。」余書這麼說。

後來談沒幾句，他就掛了電話。

夏豔槿對他說：「我幫你點了餐，這家的紅酒燉牛肉還算好吃。」

「嘖嘖，這妳就不懂了，我很少吃到合我口味的紅酒燉牛肉。」余書大啖美食的經驗豐富，「這道菜基本上是個很危險的選項，要不是不香，就是牛肉太老。」

夏豔槿嘴裡忙著咀嚼，口齒不清的回嘴，「等一下送上來你如果不喜歡的話，就不要吃好了。」

「我忙了一天，接到妳的電話還馬不停蹄的趕來，妳就這樣對我？」

不等夏豔槿回話，黃麗瑄已搶先提出疑問：「你們……在交往？」

夏豔槿嚇得嗆咳了好幾聲，「沒有，怎麼可能？」

「是嗎？」黃麗瑄不太相信，眼神在余書跟夏豔槿身上來回掃了幾次，「妳一向遲鈍。」

這句話倒是提醒了夏豔槿過去發生的事情，她別過臉，把剩餘的食物吃完。

余書的眼光繞了一圈，看了夏豔槿一會兒，才收回了心神，不再與她們交談，逕自做著自己的事。

餐桌上一片尷尬的沉默，直到李澤浩出現。

他瘦了，過去巨星般的風采不見了，看起來只是一個普通人，也許還有一點憂鬱。

夏豔槿下意識的起身，這才想到，如果她是受害者，那麼李澤浩同樣也是。

「好久不見，妳好嗎？」李澤浩的嗓音多了許多她從前沒聽出來的粗糙。

也許境遇會影響一個人的一切，李澤浩現在的模樣，就像一顆掉進水溝裡的珍珠，再怎麼圓潤珍貴，終究已沾上髒水，汙漬揮之不去。

「我很好。」夏豔槿垂眸，「你跟黃麗瑄把話說清楚吧。」

她起身想拉走余書迴避，卻聽見李澤浩說：「留下來，拜託。」

余書不是不能明白李澤浩現在的心情，今年才要考大學的男孩，遇到這樣的狀況是太艱難了。

「你不需要露出這種表情，孩子我不要，不管你同不同意，我已經決定了。」黃麗瑄開口。

對李澤浩而言，這也是最好的選擇，他們的人生都不應該在這個時間負這樣的責任。

但理智上清楚，不代表情感上就能這麼輕易原諒自己。

他頹然垂下雙肩。

「我們爲什麼會變成現在這樣？」李澤浩喃喃自語，「我的人生爲什麼會變成這樣？」

這個問題誰也不能回答他。

「你要喝點什麼嗎？」

坐在夏豔槿家中，余書看著她的身影，「給我白開水就可以了。」

送走了黃麗瑄跟李澤浩，余書陪夏豔槿回家的時候，夏豔槿邀請他進屋休息一下。

她倒了杯白開水給他，坐在他身邊安靜得不像話。

「妳想聊聊嗎？」余書摸了摸她的瀏海。這小丫頭安靜的時候總能讓人心軟。

「黃麗瑄……會沒事嗎？」夏豔槿有些無助的拉著余書的衣角，彷彿這樣可以獲得一點安慰。

「我必須查一查才知道該怎麼處理，但是妳放心吧，不會有事的。」余書握住她柔軟的手掌，「相信我。」

夏豔槿一臉愁容，「好。」

＊

余書辦事向來講求效率，但這件事花了他不少時間。

他自然不會把錢直接借給黃麗瑄，必須先查清楚黃麗瑄說的話是否屬實。如果她的家庭是良善的小康之家，那就不應該瞞著父母。

只是經過調查，黃麗瑄的確沒有說謊，她的家境甚至比她所說的還要困頓許多。

三天後，夏豔槿陪著她到一家私人婦產科，許多明星若發生什麼不能被媒體披露的事情，通常會來這裡處理，保密性極高，甚至不用健保。

黃麗瑄做了一連串的檢查，最後拿了幾顆藥。

「療程持續三天，余先生已經替妳預約了病房，等一下護士會帶妳過去。」醫生好聲好氣的說，大概早就知道病人是個未成年少女，所以沒露出吃驚的神色。

療程，真好聽的說詞。黃麗瑄心裡忍不住想。

私人醫院的好處是看一個病人的收入抵過看一整個早上的門診，醫生有足夠的時間對病人施以衛教，並詳細說明如何用藥。

最後，黃麗瑄當著醫生的面吃下那些藥丸，然後回到病房休息。

夏豔槿陪她進入病房後，先大致環顧了房內一圈，才對臉色難看的黃麗瑄說：「這裡環境很好，妳不會有事的。那我先走了。」

「……謝謝妳。」

夏豔槿沒有表情，僅淡淡回道：「是人都有惻隱之心。」

「但是我……」

「無所謂了，時間不能倒轉，妳說再多抱歉，對我都無濟於事。」夏豔槿偏了偏頭，「如果可以，希望以後妳好好過日子，我們不會再見了。」

「妳恨我嗎？」

夏豔槿詫異的看著她，「難道妳還希望我們可以言歸於好？對不起，我辦不到。」

黃麗瑄輕笑一聲，「也對。這次謝謝妳，以後我會把錢還妳的。」

夏豔槿擺擺手，「還給余書吧，我不需要。」

她沒有再看黃麗瑄一眼，便走出了病房。

這整件事情，錢其實是最無足輕重的部分，在沒有監護人的情況下，余書願意出面替黃麗瑄安排，不知道背負了多大的責任，如果一切都沒事，那就沒事，但如果發生了意外事件呢？

她連想都不敢想。

「小槿。」黃麗瑄追出病房，喊了她的名字。

夏豔槿停下腳步，閉了閉眼，深吸一口氣才回頭。

黃麗瑄已經朝她走過來，「余書很好，如果妳喜歡他，不要再重蹈覆轍。」

「我們不是那種……」

黃麗瑄抬起手，「妳一向只活在自己的世界，所以李澤浩喜歡妳，妳沒放在眼裡；我喜歡李澤浩，妳也不曾眞的放在心上，只是任性的選擇自己喜歡的，完全不顧別人。」

「如果妳是想指責我的不是，省省力氣吧。」

「我只是希望妳不要漠視余書的心意，我看得出來，他喜歡妳。」

夏豔槿望著她病容盡顯的臉。

這是實話？還是謊話？

黃麗瑄退了一步，「這是我最後一次給妳建議了，聽不聽隨妳。」

她轉身離開，夏豔槿遠望她的背影，一股惆悵湧上心口。

她們曾經很要好過，也曾經狠狠傷害彼此過，現在卻形同陌路。日後，如果她們有機會再相見，又會是怎麼樣的場景？

「還是，不要再見好了。」夏豔槿喃喃自語。

就算不小心遇到，只要裝作不曾認識過，這樣，也許就不會想起這段難堪的日子。

*

夏豔槿跟余書按照本來的規劃去日本玩了。

冬季並非京都的旅遊旺季，熱門的觀光景點少了人潮，安安靜靜的佇立在雪裡。這個擁有悠久歷史的古城市，雖然曾幾度遭受戰火洗禮，但此處的宮殿、寺廟、神社，卻依然與從前一模一樣。

那些幾百年前的意氣之爭，現在還有誰記得呢？

這陣子發生的事，會不會有一天也成爲她生命中純粹的風景，不再使她傷痛？

旅程的最後一天，京都下起大雪，河道都結冰了，整個城市彷彿遭到冰封，凍結住一切美麗。

夏豔槿跟余書坐在房裡，喝著熱飲，欣賞窗外的漫天大雪。這幾天兩人都逛累了，說好今天就在飯店裡休息，享受飯店的設備。

「我好像一直沒有跟妳說那個婚禮的故事。」

明明不過是半年前的事情，卻恍如隔世，夏豔槿差點想不起來那天是怎樣的天氣。

「新娘是你前女友的那場婚禮？」

余書莞爾一笑，「是。」

「我記得那天你是伴郎。」

「嗯，新郎是我最好的朋友。」

「改天介紹給我認識？」

「那不行，我上一個愛過的女人就是被他搶走，要是妳也對他一見鍾情怎麼辦？」

夏豔槿猛眨了幾下眼睛。這是什麼意思？他怕她喜歡上別人嗎？他當她是……

她還沒想出答案，余書又笑道：「他已經結婚了，是有婦之夫，妳要是喜歡上他就麻煩大了。」

啊，原來是個玩笑。

夏豔槿暗暗罵自己想太多，趕緊催促他，「你快點說故事。」

談起往事，余書的部分記憶已有些模糊，無法完整述說，但夏豔槿仍聽得津津有味。

「那澄澄跟陶莘妍現在還有來往嗎？」夏豔槿很好奇，這樣見面不尷尬嗎？

余書聳聳肩，「這個我不知道，我跟澄澄從來不私下聯絡。」

「啊，是喔。」夏豔槿想了想，「也對，你們關係尷尬。」

余書語氣平和的回應：「因爲跟蕭凱的關係，所以我必須這麼做。」

夏豔槿端詳他臉上的表情，又問：「所以你不覺得委屈？」

「我爲什麼要覺得委屈？」余書倒是有些不解，「澄澄有自由選擇的權利，而且我們不是無縫接軌，中間隔了好幾年，我沒什麼好計較的。」

「難道，不覺得因此少了個朋友嗎？」

「如果我跟澄澄繼續私下聯絡，才會眞的少了一個朋友。」余書的脣角抿出笑意，「生命中所有的事情都有等級，如果能全部擁有當然很好，但經常只能選擇其中之一，我當然選擇最重要的那個。」

「我想我懂你的意思了。」夏豔槿托著臉，「所以你願意爲了最重要的事放棄其他事情。」

「對。」

夏豔槿思索片刻，探問的目光停在余書面上，「那你是不是也覺得……我當初傷害了黃麗瑄？」

「是。」余書沒有躲避她的視線，誠實回答，「不過，得一次教訓學一次乖，希望未來妳不會重蹈覆轍。」

重蹈覆轍，這個詞最近眞是頻繁出現在她的生活中。

「希望如此。」夏豔槿忽然想起黃麗瑄說的話，不由得細細打量了余書。

余書轉過頭望向窗外，「對了，我一直沒告訴妳，我的初戀情人……是陸晴，那天我遇見她了。」

夏豔槿錯愕又震驚的仰頭看他，這次沒對上余書深邃的眼睛，只望見他的側臉。

想不到陸晴故事中的男主角，居然就是余書？

第四章

是不是因為在一開始就選擇退讓，才能把愛保存在最美好的狀態？

陸晴是個美人，但比起她的長相，更讓夏豔槿印象深刻的是她的個性。

夏豔槿曾以爲陸晴只是想回到兒時居住的城市，沒想到陸晴竟坦白的對她說：「當然不是，我是爲了余書回來的，所以特地把店面開在這裡。妳不知道，這裡的租金比其他地方貴三成。」

「那見到他之後，妳想怎麼做？」夏豔槿很想知道她接下來的打算。

「找他吃飯、看電影，四處玩玩，如果還有可能，我不會錯過；要是沒機會了，我也提得起放得下。」陸晴的態度爽快。

夏豔槿看著她微微發亮的臉龐，知道她勢在必得。

從日本回來到開學之前，扣掉過年那幾天，夏豔槿幾乎天天都在陸晴店裡。

她實在沒有別的地方可以去，好在陸晴不覺得她煩，反而歡迎她來。

「妳這麼喜歡余書，怎麼還會嫁給其他人？」夏豔槿說話向來不懂得拐彎抹角，也不怕冒犯了陸晴。

「因為沒有一個完整的句點，所以那些想念跟愛戀，都讓我自己解讀成了不甘心。」陸晴笑了一下，水靈的眼睛微微失神，「也許有人眞的是得不到不甘心，但我不是，結束婚姻的那一刻才知道，我其實鬆了一口氣。」

夏豔槿覺得有點困惑，這樣就能表示陸晴愛的是余書嗎？

這個問題，她終究沒問出口。

連夏豔槿都不太清楚自己對余書是什麼感覺。

黃麗瑄說的話一直在她心中徘徊不去，可是結束與李浩澤的感情之後，夏豔槿覺得「喜歡」已經變成了一件太沉重的事。

「那妳前夫是怎麼樣的人？」她眨動好奇的眼睛，「和善、大方、親切、幽默？」

陸晴彎了彎眉眼，「這是余書吧？」

夏豔槿笑著點頭，「既然妳喜歡余書，肯定會找一個跟他特質相近的人？」

陸晴垂下眼睫，輕輕搖頭，「沒有，我前夫非常嚴肅，只懂得賺錢，生活沒有什麼情趣，抱枕或沙發是什麼顏色的，對他而言都一樣；打開衣櫃，也只有清一色的黑西裝、白襯衫，輪流搭配藍色與條紋的領帶，幾乎沒有任何變化。」

夏豔槿在腦中想像，忍不住扁嘴，「眞的是個枯燥的人。」

「沒認識余書的話，這樣的個性也很好，可是經歷過了余書，就會覺得這樣的人索然無味。」陸晴的眼神中有著夏豔槿說不清的深遠。

「他愛妳嗎？」

陸晴像是在回憶，語氣變得有些輕飄飄的，「剛結婚那一兩年，確實過得滿好的，後來也就漸漸變得……老夫老妻了吧。」

夏豔槿喝了口茶，「這樣的話，分開也好？」

陸晴哈哈大笑，「小小年紀就這麼老成。」

「兩個人要不要在一起，用愛不愛來定義是最好的了。」

夏豔槿這麼說，讓陸晴愣了一下。

「嗯，要是眞的能這樣是最好，可惜未必事事都這麼順利。」陸晴勾勾嘴角，「人生有許多身不由己，還有許多鬼遮眼。」

夏豔槿沒想到她會用這樣逗趣的詞彙，也跟著呵呵笑。

「不過我很喜歡這句話，如果人生都能用愛不愛當作選擇的唯一依據，這世界或許會簡單很多。」

「那如果因爲愛而傷害別人呢？」

知道夏豔槿問的是黃麗瑄的事，陸晴拍拍她的肩，「我的想法很簡單，愛就是愛，傷害就是傷害，這是截然不同的兩件事。」

夏豔槿恍然大悟的看著她。

是啊，愛跟傷害本來就是毫不相干的兩件事，就算是以愛爲名的傷害，也不過就是把愛當成擋箭牌而已。

雖然差了十歲，但就像夏豔槿跟余書相處融洽一樣，她跟陸晴也能自在互動。

「明天要開學了，妳東西都準備好了嗎？」

或者該說，陸晴的成熟就是夏豔槿嚮往的特質，她希望可以跟她一樣，不管發生什麼事情都有能力應變，也總是溫柔的看待人生。

「沒什麼要準備的，文具用品都還有，課本學校會發。」

她不經意的想起，以前還會跟黃麗瑄一起去買參考書，現在不用了，念私立學校的好處就是，老師額外補充的講義跟題目疊起來比市售的參考書還高。

「那妳準備好跟班上同學打好關係了嗎？」陸晴又往她的杯子裡倒了些茶。

夏豔槿露出一張苦瓜臉，「我眞的需要跟同學打好關係嗎？」

「如果妳不想以後回憶高中生活只剩下做題目、考大學，以及那件事情的話。」陸晴邊回答邊舉杯啜飲。

夏豔槿努努嘴，「妳讀高中的時候，生活很豐富嗎？」

「考大學、寫題目、談戀愛。」陸晴燦笑道，「這世界上除了余書之外，還是有很多有趣的人。」

夏豔槿開始搞不懂陸晴究竟是怎樣的個性了，她覺得她很深情，跟余書分手這麼久，還是掛念著他，可是偶爾又聽她說出這樣灑脫的話，夏豔槿覺得自己快要認知失調。

「我暫時不想談戀愛。」夏豔槿皺著眉頭，搖了搖手。

「黃麗瑄的事影響了妳？」陸晴明知故問，但她只是想點醒夏豔槿。

夏豔槿沉默不語。

「每個人都有不同的人生，妳無須把黃麗瑄對待愛情的方式套用在自己身上，況且妳們兩人的個性天差地遠，就算發生一樣的事情，選擇也必定不同。」陸晴勸解她。

只是感情這種事，別人說再多都沒有用，夏豔槿不想聽，眼神飄到窗外去。

視線落定的位置剛好站著一位西裝筆挺的男人，夏豔槿的眼光不期然與他對上，下意識脫口而出：「陸晴，有人。」

陸晴順著她的目光看去，霍地起身，稍微邁開步伐之後，又收回了腳。

「是我認識的人。」陸晴喉頭乾澀，「我……前夫。」

夏豔槿聞言，又將頭探了出去，那個人依舊站在原地望著店裡。

「妳……要不要去打個招呼？」夏豔槿不確定的問。

「也是……應該打個招呼，既然人都來了。」陸晴嘴上這麼說，卻焦慮得團團轉，「我……還不知道要跟他說什麼。」

夏豔槿想也沒想就給了一堆建議：「問他好不好？爲什麼來？如果只是敘舊，就請進來坐？當然，要是妳不想，就請他走。」

陸晴美麗的嘴唇勾起一彎上揚弧度，看起來放鬆許多，「說的也是。」

她對夏豔槿點點頭，往大門走去。

夏豔槿看著陸晴走出店外，他們交談了一會兒，然後那個人向陸晴揮揮手，轉身離開。

陸晴吁了一口氣才走回來。

「怎麼樣？」夏豔槿迫不及待的追問。

「他只是工作經過這裡，還以為是認錯人，所以站在外頭看了一下，沒想到剛好被妳發現，也沒想到真的是我。」陸晴語調輕快，「他看起來過得很好，離婚對他沒有什麼不良影響。」

夏豔槿不是很明白，「離婚難道一定要灰心喪志嗎？」

陸晴綻開一抹明媚笑容，「其他人我不知道，但是他過得好我就滿足了。」

「聽起來，妳對他也不是完全沒有感覺，看妳還這麼在乎他。」夏豔槿用一種像談論天氣般的口吻說這件事，彷彿這樣的狀態也不值得大驚小怪。

陸晴從櫃檯下拿出一瓶香檳，眉開眼笑道：「我覺得值得慶祝一下，我去拿冰塊過來，冰箱裡好像還有起司，雖然配香檳似乎有些另類，不過心情好，什麼都好。」

「慶祝什麼？久別重逢嗎？」

陸晴語氣雀躍，「慶祝今天天氣好。」

窗外是一片灰濛濛的天空，今天大概只有十五度吧？怎麼樣也算不上好天氣啊。可見國文課老師說以情入景，確實有幾分道理，天氣好不好實際上是主觀的想法。

夏豔槿莞爾一笑，感染到陸晴的好心情。

「妳剛剛還這麼緊張。」夏豔槿取笑她，「其實他才是妳的真愛。」

陸晴沉吟了一會兒，「他是個很好的人，我們之所以分開只是因為生活方式不同，我始終希望他是全世界最幸福的人。」陸晴哼起了歌，往後頭走去，「妳等我一下。」

夏豔槿得了空檔，拿出手機滑了兩下，余書的訊息剛好在這個時候傳進來。

「要一起吃晚餐嗎？妳在哪裡？」

夏豔槿原本已經在對話框中輸入「陸晴這裡」，卻又將整句刪除。

不知為什麼，她心裡有點抗拒，不想讓余書見到陸晴。

陸晴很好、很漂亮，而且還是余書從未忘懷的初戀情人，如果他們兩人心意相同，也打算復合的話，那她不應該在其中攪和吧？

夏豔槿煩躁的甩甩頭。

或許，她真的一點進步也沒有，經過黃麗瑄的事情，她依然不懂怎麼處理這樣的情況。

「我在外面，等一下去你公司找你。」夏豔槿重新輸入這句話，然後發給余書。

「好。」

看到余書很快回覆，她的嘴角不由得微微上翹。

她想，自己果然還是很自私，但她只是想擁有更多和余書相處的時間。

如果余書和陸晴又走在一起的話，在那之前，余書應該還是自由的吧？等到他們真的在一起了，她就會自動消失，就像余書對澄澄那樣。

不過，夏豔槿始終揮不去心頭那種酸澀的感覺……

「在想什麼？」陸晴的聲音喚回她飄遠的神思。

夏豔槿搖頭，「沒什麼，抱歉，我等一下有事情，要先走了。」

「喔。」陸晴表示明白，把香檳推到夏豔槿面前，「喝一點應該沒關係？」

「沒關係，我常喝香檳。」她微笑，端起玻璃杯時頓了頓，「陸晴，如果最後妳跟余書還是沒有在一起，妳要怎麼辦？」

「不怎麼辦啊。」陸晴攤手，「人生本來就沒有百分之百確定的事情，妳大概以爲我離婚是爲了余書，但其實不是的。」

夏豔槿深深的看著她，「妳好像對什麼事都很有主見。」

「年紀越長，或許就越清楚自己想要的是什麼吧。」陸晴抬起纖細的手腕，攏了攏頭髮，「知道自己適合什麼髮型，知道自己適合什麼衣服，不再像年輕的時候，一味追逐最新的流行，不管適合與否都往身上套，這大概就是成熟的好處？」

「雖然我還不能完全理解，不過……祝妳順利。」

余書如果跟陸晴重新在一起可以過得很好，這樣也很好吧。

＊

「我今天見到陸晴的前夫了。」

吃完晚餐，余書和夏豔槿兩人就近在附近的百貨公司走走晃晃。

「喔，是嗎？」余書似乎一點也不意外，「感想如何？」

夏豔槿打量他的神色，「你見過他？」

余書嘴角牽起一抹笑，「不如說是他來見我。」

「他爲什麼來找你？」夏豔槿大感好奇，「你們很熟？」

「不，不認識，不過他有興趣找我投資，所以跟我見了個面。」他淡淡的說，「是個不錯的人。」

「那……」

夏豔槿支吾了半天，余書用含笑的眼眸睨著她，「妳到底想問什麼？」

「我只是想說，你們見面不尷尬嗎？」

「有什麼好尷尬的，在商言商，他提的方案我很有興趣。」余書隨手拿起架上一樣小東西把玩，「倒是妳，怎麼會見到他？」

「我下午去陸晴店裡的時候，剛好看見他。」

夏豔槿話音才落，余書疑惑的眼光已經追了過來，她才頓悟這話裡有太多令人想像的空間，連忙把整件事從頭說了一次。

「原來妳下午在陸晴那裡，我還想明天就要開學，妳跑到哪裡去了。」余書隨口說。

夏豔槿心虛，乾笑了兩聲當作回應。

「說不定他想要挽回陸晴，你一點都不擔心？」夏豔槿的問句帶了點試探。

余書微仰著臉，思考了一陣子，「如果陸晴要回去，誰也攔不住她。」

夏豔槿嘆，「你眞豁達。」

「是不得不，我只能盡力。」余書停下腳步，看著專櫃裡頭的項鍊，「妳覺得這條鍊子她會喜歡嗎？」

「原來你找我出來吃飯，是爲了替陸晴買禮物。」夏豔槿覺得心裡有些不舒服。

余書爽朗的笑了笑，「說成這樣，好像我每次找妳吃飯都別有用意。」

「你不是說過你是花花公子，送禮這種事你應該很擅長才對。」夏豔槿語氣一沉，余書怎麼可能聽不出她的不悅。

余書低頭，柔和的目光停在她被瀏海稍稍遮住的眼睫，「生氣了？」

「沒有……」她輕咬下唇，突然浮現的煩躁讓她下意識避開余書的注視，「我只是不知道陸晴喜歡什麼，我們才認識沒多久，而且……我喜歡的，她應該沒興趣才對吧？」

畢竟兩人年紀差了一大截，她既沒有陸晴這麼漂亮，也沒有陸晴的知情識趣，跟余書之間更沒有什麼難以忘懷的往事。

這麼一想，夏豔槿忽然被自己的念頭嚇了一跳。

她……很在乎余書，在乎得有點過頭了……

那一瞬間，她忽然想起黃麗瑄說的話。

「小槿？」余書的手在她面前晃了晃，「妳不知道陸晴喜歡什麼就算了，不用這麼直接無視我吧？」

「我……只是恍神了一下。」夏豔槿連忙擠出笑容，「所以你選好要送她什麼了嗎？」

「其實這裡的東西，她大概一樣都不缺。」余書笑，「她前夫應該給了她一筆很不錯的贍養費。」

「啊？」夏豔槿錯愕了，「那怎麼辦？」

「送禮本來就是一份心意。」余書不以為意，依然在櫃位上挑選項鍊。

夏豔槿喉頭緊鎖，但還是想問：「所以你……還喜歡陸晴嗎？」

余書停下動作，深吸了口氣。

「我真的不知道。」他轉過臉來，直直望進夏豔槿透亮的眼睛，「但我希望她開心，這是肯定的。」

聽見余書的回答，她忽然覺得眼眶好像有點熱熱的。

也許，喜不喜歡不是那麼容易區分清楚，過去的感情也可能難以割捨而遺留至今。再見的瞬間，過往糾結的一切，或許都會變得不再重要……

＊

夏豔槿又一個晚上沒睡好。

她想弄白明自己到底是什麼時候喜歡上余書，後來才想起，余書出現在她生命中的時間，比李澤浩還早了一步。

那天，她弄髒李澤浩的制服，就像一個預兆一樣，預告著這段感情最後將以糟糕無比的方式收場。

更糟糕的是，當初到底喜歡李澤浩什麼，她居然一點都想不起來，卻能把余書出現在她生命中的那一天記得清清楚楚。

那天他抽了菸，明明是伴郎的身分，臉上卻像在哀悼什麼，但離去的時候，他已經恢復了正常的表情……甚至連那天的天氣都鮮明的印在她腦海裡。

現在想想，她眞的是個沒良心的人，從一開始，她答應李澤浩的交往就是錯的。

夏豔槿瞪著漆黑的天花板，翻來覆去全無睡意。

余書跟陸晴，她似乎應該要幫助他們，當初如果她願意幫助黃麗瑄跟李澤浩拉近關係，也許事情就不會發展成悲劇。

夏豔槿翻身坐起，認眞的檢討自己，頓時覺得恍若隔世，她都快回想不起，自己曾經過著怎樣的生活。

這個瞬間，她很想向李澤浩說一聲對不起，是她的錯，只是手機拿了起來，卻終究沒把這句話傳出去。

他們還是不要聯絡比較好。

夏豔槿抱著膝蓋縮成一團，東倒西歪的在床上滾了滾，這麼奇怪的姿勢，反而讓她陷入夢境。

她夢見了李澤浩跟黃麗瑄。

他們還像過去一樣，一起在圖書館念書，然後一起四處玩樂。

夏豔槿知道這是夢，卻一點都不想醒來。

她現在搞懂了，原來自己喜歡跟懷念的，是跟大家一起玩樂的時光，而不是只有她跟李澤浩相處的光陰。

夏豔槿醒來，雙眼迷濛的看著熹微天色透過窗戶，灑入房間。

她想起了國文老師最近教的李後主詞：「夢裡不知身是客，一晌貪歡。」現實太殘忍，不如夢裡快樂，如果可以，她寧可選擇不醒來。

手機設定的鬧鐘響了，夏豔槿毫無掙扎的起床，盥洗之後換了制服去上課。

開學，班上沒什麼大變化，她混在人群裡，低調得很安心。

「嘿，夏豔槿，放學要不要一起去看電影？」坐在她身後的同學戳了戳她的肩膀，「剛開學比較輕鬆。」

夏豔槿回以一個淺淺笑容，對她搖搖頭，低聲說：「不好意思，我還有約。」

那人碰了個軟釘子，沒說什麼就走了。

夏豔槿鬆了口氣，她還沒準備好跟班上同學拉近關係，也許陸晴說得對，再這樣下去，她的高中生活只會慘白一片，可是短時間內，就先這樣留白吧。

如果燦爛的下場最後會是淒涼的話，不如維持不輕不重的交情，這樣日後也不會因回想起而失落惆悵。

夏豔槿拿出課本念著，滿腦子都在想著余書跟陸晴。

既然如此，她是不是應該早點退出他們的世界，如果余書看起來這麼喜歡陸晴？

她不應該明知余書的心意，還一意孤行，硬把自己撞得滿身傷痕。

＊

放學的時候，有個人在校門前等著夏豔槿，令她大感意外。

眼神對上了之後，他徐步走到夏豔槿面前，「妳好，我是吳聿暘。」

他的聲音很低，跟外表有著不小的落差，夏豔槿一直以爲，這種低沉嗓音應該屬於更高壯的人，而不是如此高瘦、臉上戴著一副眼鏡，完全是菁英模樣的……陸晴的前夫。

「你找我有什麼事？」夏豔槿一頭霧水。

「陸晴最近過得好嗎？」吳聿暘連句客套話也不說，劈頭就問。

夏豔槿愣了愣，「很好，昨天見到你，知道你一切都好，高興得開香檳慶祝。」

吳聿暘一聽，偏冷的臉色看起來終於有了點暖意，「是嗎？她一向喜歡喝香檳，尤其是Rosière Sparkling Wine Rose。」

夏豔槿沒見過看起來這麼難以親近的人，卻也沒聽過這般寵溺的口氣。

「不好意思，我不知道那支香檳是不是你說的這支。」

「無所謂。」吳聿暘從口袋裡掏出名片，「這上面有我的手機，如果陸晴有什麼事情，請妳一定要聯絡我。」

夏豔槿躊躇著，沒有立刻接過那張名片。

吳聿暘似乎一點也不感到意外，他沒有收回名片，「陸晴跟我的關係不錯，妳昨天也看到了，留下名片給妳，只不過是以防萬一。」

夏豔槿知道他說的並沒有錯，但總覺得哪裡怪怪的。

吳聿暘見她仍舊遲疑，不怒反笑。

這一笑，令夏豔槿的背脊一陣悚然。

這人笑得好可怕……她有一種被肉食動物盯上的感覺，而且不是錯覺。

她想吳聿暘肯定也知道這一點，因爲他說：「沒關係，有事情我再來找妳好了。」

夏豔槿整個背都嚇出了冷汗。

就憑昨天那一眼，他竟能找得到她？

要不是因爲吳聿暘是陸晴的前夫，她有稍微多留意，加上他的氣質實在太顯眼，否則她哪裡認得出來這人是誰？更別說要找到他，出現在他面前。

吳聿暘有這種本事，根本不需要麻煩她。

「我只是想表示友好。」吳聿暘淡淡的說。

以及恐嚇。夏豔槿在心裡替他補充。

她伸手收下那張名片，既然收不收都一樣，那她爲什麼不賣個人情？

「謝謝。」吳聿暘等她收下名片，又恢復面無表情。

兩人面對面站著，夏豔槿忽然笑了出聲。

「笑什麼？」

「我只是覺得我們兩個這樣好奇怪。」夏豔槿摸摸臉，「既然如此，我能不能問你一個問題？」

「問吧。」

他們從校門口走到一邊的圍牆下。

「既然你還這麼關心陸晴，爲什麼要跟她離婚？」

吳聿暘沉默了數秒，「我不覺得這裡適合談論這個問題。」

夏豔槿怔愣，瞬間明白過來。

他只說可以問，卻沒說一定會回答。

「那我沒有問題了。」夏豔槿完全沒辦法應付他。

吳聿暘頷首，「那麼，再見。」

夏豔槿凝視著他的背影。

連背影都這樣一絲不苟，夏豔槿一下子就把陸晴口中的那個人跟眼前這個人連結在一起了。然後就是無止盡的好奇心，陸晴到底爲什麼……會嫁給眼前這個個性跟她天差地遠的人啊……

*

「爲什麼跟吳聿暘結婚啊？」陸晴想了一會兒，「我在一個朋友的場子遇見他，談了一陣子的戀愛就結婚了。」

「就這樣？」夏豔槿感到不可思議。

陸晴笑著點頭，「就這樣，算是閃婚吧，從認識到結婚大概三個月。」

夏豔槿忽然覺得自己某部分的想法還是很古板的，例如：錢不應該亂花，婚更不應該亂結……現在她連交往都要想個半天。

陸晴居然就這樣嫁給一個只認識三個月的男人。

「聽說閃婚通常伴隨著閃離……」

陸晴搖搖手指，「我可不是閃離，我們結婚三年才離婚的……」

這樣還不算閃離？

夏豔槿覺得既有的認知再次被顛覆了，她還以爲結婚是一輩子的事情呢。

她驚訝著喝完了面前的熱茶，對上陸晴笑咪咪的眉眼，又覺得自己見識短淺，看當事人那副完全沒放在心上的樣子，她應該要保持冷靜。

「那，妳要怎麼應付他？」

「應付？」陸晴複誦了這個詞彙，「不，他去找妳是我意料中的事情，妳不需要理他，如果妳想聯絡他，也跟我沒有關係，我不會介入，更不會介意。」

「意料中嗎？」夏豔槿覺得成年人的世界果然非常複雜。

陸晴一邊整理貨架上的商品，一邊回頭說：「他當年追我的時候也是從我身邊的人下手，只要是他在意的事情，如果不全盤掌握就會焦慮不安。」

「所以妳也知道他很在意妳？」夏豔槿的目光跟隨陸晴忙碌的身影。

「那當然啊。」陸晴說得泰然自若，「我也很在意他，我們是永遠的家人。」

這種寬容大度的精神，真不虧是成年人……

她連李澤浩跟黃麗瑄的名字都不想聽見，哪裡來的互相關心啊。

「好吧，既然妳都這麼說了，那我就沒什麼意見了。」夏豔槿決定學習眼前人的態度，提得起也放得下，試著當一個成年人。

陸晴回身，看見夏豔槿一副大澈大悟的模樣，笑了出聲，「妳這是什麼表情？」她走上前捏了捏夏豔槿的臉頰，「板著一張臉，果然年輕就是不怕長皺紋。」

夏豔槿嘆口氣，垂下肩膀問：「妳怎麼經過這麼多事情都還能笑得出來？」

陸晴面上笑意不減，「現在過的日子都是我想過的，我有什麼好笑不出來的？況且我也沒有經歷過很多事情啊。妳沒有看過真正奮發向上的人，像我這樣，唯一的好處就是豁達而已。」

「妳是哪樣的人？」夏豔槿追問。

「嗯……不羈、自由、有行動力。」陸晴說完，自己大笑出聲，「哎唷，我這樣說自己好嗎？」

夏豔槿也讓她傳染了笑容，「缺點就是太有自信。」

「我哪算有自信？如果有自信，我現在已經站在余書面前，要他再跟我交往。」陸晴深吸了口氣，搖頭笑嘆，「我上次見他的時候，還緊張得坐立難安。」

夏豔槿很難想像陸晴手足無措的模樣。

「我覺得余書還是會喜歡妳的，不要擔心。」夏豔槿安慰她。

就算她會覺得有點難過，但如果他們都能因此幸福的話，那……就很好。

她也可以提得起放得下！

好吧，會這麼說的人，通常就是提不起也放不下的。

夏豔槿不得不向自己投降。

不過她已經決定，不管怎麼樣，這次都不能再像之前那樣處理感情了。

既然陸晴喜歡余書，余書也對陸晴懷有期待，那她就應該好好扮演兩人之間的橋樑，前幾天那麼自私的事情，千萬不可以再做。

夏豔槿自我叮嚀完之後，又問：「那妳父親呢？我記得他是妳跟余書分手的原因。」

陸晴一貫輕鬆的臉色，因爲聽見這兩個字而悄然轉變。

夏豔槿第一次見到她這種神情，有點慌了手腳，「我是不是冒犯到妳了？」

「不……沒有。」陸晴抽了幾張溼紙巾擦手，「不過我家的公司早已名存實亡，這幾年也只是接幾張零散的訂單，過幾年大概會整個收起來吧。」陸晴用一種置身事外的口氣說。

「這樣啊……」

「不過，我父親不是一個擅長經營的人，所以我也不覺得可惜。」陸晴又恢復輕鬆的口吻，「他年紀也大了，該退休就退休吧。」

「可是他甘心嗎？」夏豔槿想起自己的父母，每天都在商場上拚搏，哪怕是只能增加公司百分之一收益的事情，他們也會去做。

陸晴聳聳肩，「這個我就不知道了，但是人貴自知，他年紀都六十好幾了，要是能頤養天年，爲什麼不呢？」

夏豔槿歪著頭說出她的想法，「人對於自己努力過的事總是難以放棄，不是那件事本身有多特別，而是付出的努力使其獨一無二。」

「還挺有道理的。」陸晴微笑表示認同，「爲了感謝妳的提醒，我決定回家跟我父親好好聊聊。」

夏豔槿嗯了聲，然後看了看時間，「好吧，那我先走了，我要回家寫作業了。」

「妳可以在這裡寫啊，半小時之後就打烊了，我再開車送妳回去。」

「這樣妳還要專程跑一趟。」夏豔槿擺擺手拒絕，「不用麻煩了，我從這裡回家不需要很久。」

「不麻煩，我也要回家休息呀，我又不住這裡。」陸晴伸手壓了壓她的肩膀，「放心吧，我不會吵妳的。」

陸晴邊說，邊把電燈轉亮了一點，「不夠亮再跟我說。」

她轉頭過去操作電腦上的店務系統，專心看著各項數據跟存貨量。

打烊前的氣氛安靜而舒適，夏豔槿專心寫了好幾回試卷，直到有人推開店門，風鈴的聲音打破了沉靜的空氣。

夏豔槿跟陸晴一起看向門口，異口同聲的喊：「余書？」

「沒想到妳也在這裡。」余書發現夏豔槿，笑著走到她面前，揉了揉她的瀏海，「看樣子妳們感情不錯？」

陸晴淺笑，回身倒了一杯水給余書，「我跟小槿很談得來。」

余書伸手接過，「是嗎？」

「你呢？怎麼也來了？」陸晴看他，眼神流露出明顯的欣喜。

「來看看妳的店，順便看看妳好不好。」余書答得坦率，目光對上了陸晴。

夏豔槿頓時覺得自己就像是被人放錯地方的擺設，整個人從頭到腳、甚至連放在桌上的作業都顯得那麼礙事。

夏豔槿在心裡嘆了口氣。她該走了。

余書，你想說的應該是「專程來看看妳」吧？

夏豔槿有些後悔，她二十分鐘前就應該先離開的，不然也不會親眼目睹這一幕。

「欸，時間晚了，你們慢慢聊，我先回家。」夏豔槿手忙腳亂的收拾桌上的試卷。

要不是這些考卷必須繳回學校，她眞想扔下一切轉身就跑，總好過在這裡當活生生的電燈泡。

「不急啊，等我把店收好，送妳回去。」陸晴連忙說，「都八點半了，一個女生自己回家不安全吧？」

夏豔槿抬手阻止她，「不用不用，時間還很早，我搭捷運很方便……」

話還沒說完，余書又伸手拍拍她的頭，「今天幹麼這麼固執，反正我也沒事，不然我送妳好了？」

夏豔槿的眼淚都要流下來了。她要怎麼說，這兩個人才會放她走？

「拜託你們去談戀愛吧，放了我一馬。」想不出藉口，她只能說實話，「我很好，一個人回家而已，不要再拿閃光彈閃我眼睛。」我心裡不舒服啊！

她說得如此直接，令余書跟陸晴一起傻住了，不約而同的笑起來。

「原來妳擔心這個？」余書大笑，「不知道怎麼說妳，我們還沒交往耶。」

「那就什麼都別說。」夏豔槿嘟囔，轉頭又吼：「隨便啦，你們愛幹什麼就幹什麼，我要走了。」

「眞的不要我送妳？」陸晴再次追問，「或者，我們一起去吃個宵夜？」

「不行，我作業只寫了一半。」夏豔槿認眞搖著手，低頭收拾。

她才不想參與他們兩人之間的活動，心酸不說，眼睛也痛，自虐嗎？

火速收好東西，她一手拉著書包背帶，對他們笑了笑，「我走了，祝你們愉快。」

春末，涼意還躲藏在每一顆空氣粒子的縫隙中，一入夜，白天殘存的暖意就消耗殆盡。

夏豔槿跑到他們再也看不到的轉角之後，才靠在牆上，彎起的嘴角再也撐不下去。

這樣很好，眞的很好。

她緩緩地做著吸氣吐氣的深呼吸，慢慢收整情緒，不讓心酸在胸口干擾心跳。接著，才邁開腳步，往捷運站走去。

本來並不覺得寂寞的，可是爲什麼這個時候，卻這麼明確的感覺到……自己是孤獨一人。她甚至覺得不需要攜帶手機，因爲沒有任何人會在這時候接她電話，她也不知道能打給誰。

夏豔槿不得不承認，她……就是一個人。

從那個地方走到這個地方，從那間學校換到這間學校，原來，人如果不跟周圍產生關係，那麼留在哪裡、待在哪裡都沒差。

坐在捷運月臺的候車椅上，夜晚的寒風颳過腳邊，也猝不及防的颳出了她的眼淚。

她用手指揩掉眼角的溼潤。

沒關係，夏豔槿，不管如何，妳還有我，就算全世界的人都有屬於自己的地方，就算全世界沒人記得妳，可是我會在妳身邊。

雖然，我就是妳。

她在心底和自己對話。

列車進站了，看著車廂門在面前打開，夏豔槿只覺得雙腿宛如綁上鉛塊般沉重。

我們再坐一會兒，下一班只要再等十分鐘，那時候我們再回家。

＊

從春天到夏末，余書跟陸晴都過著一種喜悅卻不眞實的日子。

儘管平日沒去什麼特別的地方，但只要他們在一起就像身處天堂。

四、五月時，他們挑了段日子去了歐洲一趟。

在法國的酒莊裡，聞著從窗外飄進屋內的花香跟果香，讓人覺得每天都充滿希望。

夏豔槿偶爾會收到陸晴寄來的明信片，看著他們的合照，從陸晴的文字裡想像法國的景致。

爬滿藤蔓的葡萄、沒有汙染的藍天白雲、壁爐前擺放著搖椅，餐廳裡有張可以坐下十餘人的長型木桌，冬天的時候會燃起大廳裡的壁爐。

生活是如此悠閒而自在。

夏天最高溫只有二十二度，一切都那麼舒適宜人。

小城的生活規律，一入夜，街上的商店紛紛打烊，沒有光害的小鎮，天上星星多得令人不著迷也難。

余書剛剛開完視訊會議，端著一杯紅酒信步走到廊上，仰望著天上繁星，忽然想起那個遠在地球另一邊的小丫頭。

學校會定期回報她的情況，她的成績一次比一次好，看來眞的有專心念書，心無旁鶩。

自從跟陸晴重逢後，他幾乎所有的心思都放在陸晴身上，只是偶爾還是會想起夏豔槿。

余書當然知道自己對夏豔槿是有好感的，同時也很放任這種好感發展，只是他已經惦記了陸晴十幾年，忽然又有一個可以重新開始的機會，他沒辦法放棄。

只是眞正開始之後，他才知道並不如他想像簡單。

「在想什麼？」陸晴躡手躡腳的靠近他，輕輕抱住他的腰。

余書回過身，「沒想什麼，剛剛開完會，有點累。」

「這樣啊？」陸晴鬆開環抱他的手，拉了張椅子過來，「那你好好坐著休息，我幫你按按肩膀。」

有福可享，余書當然不會拒絕。

坐定之後，陸晴站到他身後，一雙手很有經驗的按了起來，同時一邊說：「我今天跟酒莊主人去看了上一季的葡萄酒，品質很好。據我所知，這裡的葡萄酒還沒有海外代理商，如果可以的話，我明天想跟酒莊談合作，由我來代理這裡的葡萄酒。」

余書淺淺的皺了皺眉，其實他不想在休息的時候還談工作，但陸晴興致勃勃，他也不好多說什麼。

「我不知道妳還會代理酒品。」余書淡淡的說。

陸晴手下不停，繼續談著她的想法，「以前處理過幾次這種文件，自然就知道了，這酒莊的酒真的不錯，引進國內應該會有市場，尤其這幾年國內女性喝酒的比例上升……」

聽著她滔滔不絕，余書求饒般舉起手，「休息的時候，我們不談工作好嗎？」

陸晴見到他疲憊的表情，即使自己還有很多心得，也只好暫時壓下不說，「那你想聊點什麼？」

陸晴停了手，走到余書面前，「還是我去幫你弄點什麼來吃？」

余書笑出聲，陸晴哪會弄點什麼，還不是找人幫忙？不過這樣也好，他想要安靜一會兒，發個呆，想想夏豔槿。

他跟很多女孩子相處過，當中許多人的長相跟姓名他壓根就記不住，喜歡什麼樣的東西、穿哪個牌子的衣服，交往的當下他記得，但只要一分手，他的記憶很快就會被其他東西取代，最終徹底遺忘。

可是夏豔槿不同，從一開始她就讓他留下了印象。

一個背靠著牆、面對著豔夏的少女，就像在夏日綻放的朱槿花一樣。

花朵通常嬌貴，都怕日曬，甚至溫度高點就萎了，偏偏朱槿，在太陽正大的時節開得最好，一點都不怕曬。

後來發生的那些事情，也證明了夏豔槿就跟這種花一樣，很耐得住考驗。

那樣的情況連他都會覺得有點棘手，但夏豔槿的反應出乎他意料，就算她傷心也憤怒，最後還是選擇幫助黃麗瑄。

見慣商場上的勢利無情，在他眼中，夏豔槿的心軟是一種難得的珍貴。

善良，其實是一種選擇，而她也這麼選擇了。

儘管她渾身是傷，那些傷口也許會花上數年的時間才能痊癒，但那個當下，她沒有選擇痛打落水狗，更沒有轉身離開，而是找人幫忙。

余書想起夏豔槿，胸口的某個部分就有些暖呼呼的，他不知道夏豔槿是怎麼做出這樣的選擇，不知道她有沒有掙扎過，或者，現在是不是會後悔，早知道不該幫黃麗瑄？

他從口袋裡拿出手機，滑開了LINE，看著夏豔槿的大頭照，其實他很想傳點什麼話跟她聊聊，只是……

余書握著手機，直到螢幕暗下，都沒有任何動作。

夏豔槿很明顯在躲著他們，躲他也躲陸晴，雖然確切的原因他不清楚，可是他認為應該要尊重夏豔槿的決定。

如果她不希望他跟陸晴出現在她的生命中，那麼就不該再打擾她。

只是他總覺得心口有些酸澀，大概他真的很喜歡夏豔槿，只是錯身而過的時候，他並沒有發現，等到回過神時，她的蹤跡已經消失了。

「余書。」陸晴敲了敲門，將手上端著的食物放在房間的小桌上，「廚房裡沒什麼東西可以吃，所以我熱了一碗湯，還有兩塊麵包。」

他收整好情緒，回頭看向陸晴時，臉上已經沒有了任何想念的痕跡。

「謝謝。」余書走上前，對陸晴笑了笑，伸手想要攬住她的腰，卻被她閃躲開來。

「生氣了？」余書淺淺彎著嘴角，拉起陸晴的手道歉，「對不起，我剛剛真的有點累。」

陸晴反握他的手，「沒事，是我的問題。」她頓了頓，迎向余書探問的眼神，有些欲言又止。

「怎麼了？」余書自然沒有忽略她眼中的躊躇。

陸晴抽開手，坐到余書的正對面去，「我們……」

余書大約知道陸晴想說什麼，所以只是耐心的等著。

他跟陸晴都是彼此青春中錯失的遺憾，於是有機會重來時，誰都很難冷靜的去思考，寧可奮不顧身的投入，可是時間久了，問題卻會毫不留情的顯露。

可以重逢是一種幸運，但如果重逢了才發現，對方早已不是自己想像中的那個人，他們該怎麼辦？

＊

那天之後，夏豔槿離開了他們，她不曾再去陸晴的店裡，余書幾次想找她，夏豔槿只推託自己要念書，什麼都不願多說。

久了，余書也漸漸摸清她的想法，雖然偶爾會聯絡她，但頻率已大大降低，更不像以前，會深夜拿著什麼東西給她。

然後，她升上了高三。

從暑假開始，學校就安排了密密麻麻的加強課程，夏豔槿不像其他人，頻頻抱怨青春都耗費在書本上，她很認真念書，每天的重心就是寫考卷跟檢討考卷。

如果這世界上的東西都無法長留身旁，至少知識跟分數是屬於自己的，能掌握就不要白白喪失。

沒有余書的日子，其實也不那麼難挨，她想。

只是偶爾，會在經過某個街角的時候想起他；偶爾，會在路上把某個男人錯認成他；偶爾，她會很想念，當初他們毫無芥蒂徹夜聊天的時光；偶爾，她會看著手機裡的那個名字有些失神，很想知道他過得好不好。

但這些念頭，終究會被她放到心底的箱子裡。

余書跟陸晴在一起，怎麼會不好？

於是她更加用功苦讀，每次模擬考，她的成績都明顯的又上升一些，比起第一次考試時的慘況，夏豔槿簡直是突飛猛進。

好成績雖然曾引起校方注意，但顧忌著余書，也不敢質疑夏豔槿什麼。

她自己也爭氣，連續幾次考試的校排都有前二十名，校方的疑慮才漸漸消除。

這段日子，她一直過著平靜而安穩的生活，原本以爲前塵往事就這麼過去了，但沒想到她只是讀書讀累了，想去超商買個東西，走出校門卻在街角看見李澤浩。

她升上高三，李澤浩也應該考上大學了吧？那一瞬間，夏豔槿的腦海裡只有這個想法。

「嗨。」李澤浩的口氣生疏，連動作都有些僵硬不流暢，「小槿……妳好嗎？」

「什麼都很好。」夏豔槿有禮的回答，態度疏遠。

暑假剛過，天氣依舊悶熱，只站了一會兒，夏豔槿已經流了一身汗。

李澤浩依舊沉默，夏豔槿耐不住炎熱，先開口問：「你考上大學了吧？恭喜你。」

「我沒有考好。」李澤浩悶悶的說，眼神不像過去那麼意氣飛揚，取而代之的是一股憂傷，「不是台大，再兩個星期我就要去台中念書了。」

「喔……」夏豔槿應聲，除此之外她不知道該說什麼。

安慰他嗎？但李澤浩會需要她的安慰嗎？

李澤浩往前一步，支支吾吾的問：「我……一直想知道，她……後來好嗎？」

夏豔槿眨了兩下眼，才反應過來他說的是什麼，問的是誰。

「手術很順利。」夏豔槿回答，停了一下又說：「現在人好不好，我就不知道了。」

聽見這答案，李澤浩退了一步，低下頭，「謝謝妳跟余書，否則那時我眞的不知道應該怎麼辦。」

聽見余書的名字，夏豔槿有些恍神，她也已經好久好久沒見到他了，才會在再次聽見這個名字時……

恍若隔世。

「妳……」李澤浩欲言又止，「可以陪我去看看黃麗瑄嗎？」

夏豔槿乍聽這話，腦子裡先是一片空白，還未深思，下意識已經拒絕，見到李澤浩有些失落的表情，還是忍不住又問：「你爲什麼想見她？」

李澤浩別過眼，「我對不起她，想跟她道歉。」

「那爲什麼要找我一起？」

李澤浩沉默不語，夏豔槿等了又等，正在懷疑大概一輩子都等不到答案時，李澤浩才開口：「我不敢一個人見她。」

夏豔槿本來想笑，但張嘴吐出的卻是一聲嘆息。

她不是黃麗瑄，不知道黃麗瑄恨不恨李澤浩，可是她一點都恨不起來，儘管他曾經這麼的讓人失望。

「我不知道她家在哪裡。」

「我知道……我知道她家在哪裡。」李澤浩搶著說，「如果妳願意……我可以配合妳的時間。」

「讓我想一想。」夏豔槿煩躁的擺擺手，「我現在晚上都沒有空，如果要去，也是週末的事情，但老實說，我不覺得我應該做這件事。」

李澤浩頷首，聲音很低，「我知道，也明白這個要求很無理。」

「你走吧，我過兩天想清楚再聯絡你。」

「……好。」李澤浩往前跨出兩步，又回頭問：「妳過得好嗎？」

「這個問題你問過了。」夏豔槿看著他，「我過得很好。」

李澤浩嗯了聲，「那就好，幸好還有妳是過得好的。」

那瞬間，夏豔槿心中燃起一把怒火，很想攫住他的肩膀搖晃，說自己才沒有這麼輕鬆，但終究，她只是遠眺他的背影消失在街口。

有些事情似乎連說的必要都沒有了，就算她跟李澤浩說清楚，那又怎樣？什麼都不能改變。

夏豔槿走進超商買了咖啡，思考良久，回程路上還是發了訊息給余書告訴他這件事，也問他該不該去。

過了一陣子，余書直接打電話來了。

她屏息盯著震動的手機，幾秒鐘後才按下接聽鍵。

「終於想到還有我這個朋友了？」余書劈頭就是一陣調侃，聲音裡帶著一點笑，好似這半年的隔閡都不存在。

「我只是在念書。」夏豔槿辯解。

「我知道，妳成績一直在進步。」余書笑，「害我都不好意思打擾妳了。」

夏豔槿愣了愣，才聯想到肯定是學校把她的成績告訴余書的。

「學校也太沒有節操了吧……這合法嗎？」夏豔槿嘀咕，「你偷偷關心我幹麼？」

「當然要關心妳，否則要是妳沒讀書跑去鬼混，那我不是被騙了嗎？」余書哈哈大笑，話音一轉又問：「話說回來，妳打算去嗎？」

「我不知道。」夏豔槿坐在沙發上，「我看得出來，李澤浩是真心想跟黃麗瑄道歉，可是，這跟我有什麼關係？」

余書像是心情很好，淺淺的笑聲從手機那頭傳了過來，「說得好。」

聽見余書笑，她原本有些心酸，卻被余書愉悅的情緒感染，心情也跟著好了起來。

原來隔了這麼久沒見，她還是喜歡著余書，而且好像比本來更喜歡了。

是不是因爲在一開始就選擇退讓，才能把愛保存在最美好的狀態？

「我們家豔槿長大了，我當然開心。」余書隨口這麼說。

我們家？

夏豔槿彎起嘴角，「我才不是你們家的。」

「是是。」余書順著她的意思，「不過既然這樣，我贊成妳去。」

「爲什麼？」夏豔槿有些意外，她以爲余書會叫她不要去。

「既然妳心中已經沒有疙瘩，有什麼不能去的？」余書問，「雖然妳之前好像曾經跟黃麗瑄聊過了，但親眼再看她一次，知道她現在日子過得怎麼樣，妳們或許才能眞正從過去中走出來。」

「聽起來，你很有感觸。」夏豔槿開他玩笑，「怎麼樣，跟陸晴過得不好？」

問了這個問題，她才忽然感覺到心頭一陣緊縮。余書會不會誤會她的意思，覺得她心裡一直期待他們過得不好？

但許多事情，從來就是當事人對自己的恫嚇，旁人根本沒有察覺。

余書只是笑了聲，「沒有什麼好不好，能再見到陸晴，我已經很感謝上天了。」

夏豔槿琢磨不透他話裡的意思，像是隱含著一些什麼，「你不要說這麼高深莫測的話，你跟陸晴到底過得怎麼樣？」

余書陷入沉默，停頓了一下才說：「還可以吧，可能過去這十幾年，我們記得的都是彼此當年的模樣跟個性，雖然知道時間多少會改變一切，但是不親眼看看現實，總是很難死心。」

意思是……陸晴跟他心裡原本所想的不一樣嗎？

余書又笑起來，「居然輪到妳擔心我的事情了嗎？妳打算什麼時候去，我帶妳去。」

夏豔槿十分驚喜，連忙問：「爲什麼你也要去？你眞的要陪我去嗎？」

「當然啊，難道讓妳一個人面對嗎？」余書想也沒想，「妳一個人去我不放心。」

「好吧，那你什麼時候有空？」夏豔槿問，「這兩個星期找一天吧，李澤浩要離開台北了。」

「這樣啊……」余書那頭沉吟了一會兒，「那就這幾天吧。」

「明天，剛好是週末可以嗎？」夏豔槿又急急補充，「平常晚上我都要留在學校晚自習，高三了，學校管得很嚴，不能隨便請假。」

「我知道，妳這麼緊張幹麼？」

「也……沒有。」夏豔槿有些尷尬，「我怕你誤會。」

「妳先前拒絕我的邀約時，怎麼不怕我誤會？」余書口氣爽朗，像一點也沒放在心上。

就是怕誤會才拒絕……

夏豔槿有苦不能說，索性不提，又問：「陸晴最近好嗎？」

本來以為這個問題是很安全的，但手機那頭的余書卻頓了一頓，「很好……吧。」

他們肯定出了問題，夏豔槿推斷。

「不說這個，我們明天先去吃早餐，然後再過去。」余書提議，「妳或許需要跟李澤浩約個時間？」

經余書一提醒，夏豔槿才想到確實需要跟李澤浩敲定碰面的時間還有地點。

「那幾點吃早餐？」

「妳不嫌早的話，八點？我去接妳。」

夏豔槿正有此意，早點見面也好，她還有時間逼問余書跟陸晴到底怎麼了。

「好。那就明天見。」

＊

隔天一早，夏豔槿才盥洗完、換好衣服，門鈴就響了。

「你也太早了吧？」夏豔槿失笑，望著門外的人，退了一步，讓余書進屋，「幸好我起得早。」

「我起床運動，跑完步沒事做，只好提早過來。」余書一派輕鬆，打量了夏豔槿好幾眼，「女大十八變，我們才半年不見，妳看起來又不一樣了。」

「哪裡不一樣？」

「頭髮長了，還變瘦了。」

夏豔槿撇撇嘴，「你這個在國外長大的人，根本不能體會從早自習寫考卷到晚自習是一件多折磨人的事。」她說完，自己反而先笑出聲，「我現在拿英文考卷給你寫，說不定你連及格都沒辦法。」

余書一點也沒被她嘲弄的話語影響，只是微笑想了想，「搞不好眞是這樣，我以前念書的時候成績也沒特別好。」

夏豔槿心情很好，再見到余書，那些壓在心頭的煩悶彷彿都因此而消失無蹤。

究竟是因爲喜歡他，才覺得周遭世界變得明亮，還是因爲她的世界先被他點亮，所以才愛上他？

「想吃什麼？」余書拍拍她的腦袋，卻意外的覺得觸感很好，他端詳她柔順的髮絲，「妳去護髮啊？」

「啊？」夏豔槿正準備越過他去開鞋櫃，「護髮？幹麼護髮？我髮質很差嗎？」她捉起一縷髮看了看，「還可以吧？我需要護髮嗎？」

余書讓夏豔槿連珠砲似的問題逗笑，「不需要，妳這樣很好。」

簡單的黑長髮，乾淨。

夏豔槿朝他皺皺鼻子，「那你沒事提護髮幹麼？」她拉開鞋櫃，抽出一雙帆布鞋。

余書站在一邊瞄了眼櫃內，一雙上課用的皮鞋、兩雙帆布鞋、一雙娃娃鞋、一雙涼鞋，一下子就看完了。

「妳現在在私立學校上課，就這麼一點東西不會被瞧不起？」余書好奇。

「無所謂吧，反正再一年就畢業了，我不需要管他們怎麼想啊。」夏豔槿彎下腰綁鞋帶，其實她本來就是這樣的個性，現在不過是故態復萌。

「別賭氣，好好跟同學相處。」余書彎指輕敲她額頭，「等一下事情結束後，我們一起去買點東西。」

夏豔槿站起身，抬頭睨他一眼，「我真的覺得沒必要啊……」

「我覺得有必要。」余書走在她身旁，等著夏豔槿鎖門，「人對於跟自己不一樣的東西是會排斥的，在保留自我個性及融入群體之間，是需要訓練跟磨合的。」

「可是，再一年我就要畢業啦。」夏豔槿不以爲意。

「所以才要用這一年訓練啊，學會人際溝通的技巧，進大學後，遇到社交場合才能更得心應手，不是很好嗎？」余書提出了見解，見她愛聽不聽，於是又說，「而且妳跟以前的同學合不來，跟現在背景類似的同學又不打算深交，妳有沒有想過，這其實是妳自己的問題？」

夏豔槿被他說得有些惱羞成怒，小臉一陣青一陣白。

余書看著她有些微慍的神情，忍不住笑出聲。

「所以才要練習嘛，又不是每個人都是天生的交際花。」他揉揉夏豔槿的頭髮，「試試看吧？反正又不吃虧。」

難得見他一面，夏豔槿也不願意把氣氛弄僵，所以一路上刻意迴避這個話題。

一頓飯吃下來，余書和她分享很多南法的風光，還說酒莊主人送他們好幾瓶頂級紅酒跟香檳，下次有機會要邀請夏豔槿去喝。

她點頭說好，強迫自己忽視最大的事實，無論這段旅程有多美好，余書都是跟陸晴一起度過的。

其實，她從來都沒跟余書說過她喜歡他。

現在也不知道應該怎麼開口……說了也沒用了。

「今天怎麼這麼安靜？」余書問。

他們已經到了跟李澤浩約好的地點。

「有點緊張吧……」她隨口說了個理由，也不算說謊。

待在余書身邊，她總有一種想要觸碰他的衝動。

眞奇怪，以前沒有任何曖昧想法的時候，可以直接抱著他大哭，現在卻連手背不小心相碰，她都覺得心跳加速。

余書低頭凝視她沉思的臉龐，一時之間無法把她跟半年前那個小女孩連結在一起，彷彿這個女孩瞬間就長成了一個他不認識的女人。

兩人的腦子裡轉著不同的思緒，李澤浩剛好在這時到達。

他們上了車，余書將車開到黃麗瑄居住的地方。

夏豔槿被震驚了。

這輩子，她沒看過這樣的居住場所，陳舊而髒亂，還隱隱散發出一股臭味，她沒有聞過的氣味瀰漫在空氣中，令人渾身不舒服。

余書之前調查過黃麗瑄，很早就知道是這個光景，所以他淡然處之，但夏豔槿跟李澤浩卻不約而同皺起了眉。

余書領著他們走到黃麗瑄家門前，還沒按下門鈴，黃麗瑄已經走了出來。

四人不預期的打了照面，霎時間，誰也不知道要說什麼，場面一陣尷尬。

「有空嗎？我們去附近吃點東西好嗎？」這時，余書發揮了用處，他自然大方的提出邀約，「我想，或許妳還沒吃早餐？」

黃麗瑄點點頭，「可以。」

她轉身鎖門，在門板即將關上的幾秒間，夏豔槿似乎瞥見了滾動的空酒瓶。

眾人上了車，到了有點距離的早午餐店，余書已經訂好位子。

黃麗瑄點了一份早餐，夏豔槿因爲吃過了，所以只點了一杯冰奶茶。

等待餐點送來的時候，夏豔槿偷瞟著黃麗瑄，發現她一點都不受影響，依舊是她印象中的模樣，絲毫沒有改變。

「找我有什麼事？」黃麗瑄飲下一口白開水，淡然問道。

李澤浩看著她，目光藏著歉疚，「我……我想……」

黃麗瑄抬眼與他對視，面容平靜，像是看著一個路人。

夏豔槿跟余書幫不上忙，所以兩人只是靜靜坐著。

「我想跟妳道歉。」李澤浩頹喪的低下頭，「當初是我不對，請妳原諒我。」

黃麗瑄沉默了一會兒，然後從嘴裡吐出拒絕，「我不接受。」

夏豔槿不安的動了動，看向她。

「你跑來找我說這句話，其實就是想把過去做個了結，擺脫你的罪惡感，然後到一個沒有人認識你的地方，重新開始生活。」黃麗瑄微瞇的雙眼流露出譏諷與譴責，「我憑什麼要成全你？當初你有成全過我嗎？我希望你永遠記得，你曾經因爲自己的懦弱，殺死了一個孩子。」

她沒有笑也沒有怒，就只是直勾勾的看著李澤浩。

話語裡的深深恨意，讓夏豔槿的背脊爬上一股寒意。

李澤浩當然更承受不了這樣的心理壓力，他一言不發霍然起身，逕自走出店外，沒有任何一個人去追他。

直到餐點送來，三人間仍是一片死寂。

先送來的餐點是黃麗瑄的，她拿起刀叉準備開動，夏豔槿忍不住問：「妳後悔嗎？」

黃麗瑄有點詫異的挑高細眉，想了想，「不後悔，我不會爲了曾經努力追求愛情而後悔，但也許方法不太對吧。」

余書點點頭，「我贊成妳的想法，方法確實太激進了一點。」他忽然露齒一笑，「重點是沒用。」

「沒錯，所以我會改進。」黃麗瑄將視線投向他，「謝謝你，余書。你眞是個老好人，這種情況還能支持我。」

余書端起水杯，帶著點逗趣的對她舉杯致意。

「那，妳爲什麼不原諒李澤浩？」

「憑什麼？」黃麗瑄吃了一口蛋，邊咀嚼邊說：「他什麼也沒做就要我原諒他，這哪是道歉，就像他拉著妳來找我一樣，不過是想讓我看在妳的面子上，見他一面而已。」

「那妳會原諒我嗎？」夏豔槿問。

黃麗瑄跟余書同時愣住。

夏豔槿吶吶的說：「我後來想了很多，可能……我眞的不夠細心，不是一個貼心的朋友，可能，我也不小心傷害了妳……」

余書嘴角上揚，覺得曾經爲了這些事情苦惱的夏豔槿，已經完全學會這個課題，也眞正走了出來。

現在她可以坦然面對自己的失誤，不恨也不質問。

黃麗瑄放下餐具，「我也傷害了妳，所以我們算扯平了，認眞說起來，我的下場比妳慘，也算是老天爺懲罰了我。」

夏豔槿仍沒有搞懂，爲什麼黃麗瑄可以如此淡然的說出這些話，好像她的情緒跟思考可以完全分離。

「謝謝妳。」夏豔槿呼了一口長氣。

「可惜早午餐店沒有提供酒，不然妳們眞應該慶祝一下，和好如初。」余書說。

黃麗瑄跟夏豔槿卻異口同聲的說：「不了。」

黃麗瑄笑了聲，「妳說吧，我想妳跟我的想法一樣。」

夏豔槿頷首。

「我想……我們再也不可能和好如初，就算我老了，這些事情還是會一直埋在心裡，所以……就這樣吧，我們互相原諒對方，可是也就僅止於此，不可能再當朋友了。」夏豔槿望向黃麗瑄，目光變得深遠，「希望未來，我們都能夠過得很好。」

「這樣也沒有什麼不好，妳們能說開就很好。」余書明白了，脣邊帶著淺笑，「那這一餐我請客吧，妳們多吃點，結束也就是開始。」

夏豔槿看著余書，覺得他似乎永遠都有說不完的好話，不知道是眞的不在意，還是只是客氣。

「好，那我就不客氣了，這一陣子念書很累，我老是覺得餓。」黃麗瑄又點了一份點心，「余書，我很感謝你，如果未來有需要我幫忙的地方，我義不容辭。」

余書笑得開懷，「我如果需要妳幫忙，我得變得多落魄啊？希望永遠沒有那一天。」

「當然。」黃麗瑄的唇瓣抿出淡笑。

黃麗瑄走後，余書帶著夏豔槿到附近的自家百貨大肆採買。

就算她說用不到這麼多東西，余書還是買得很瀟灑，最後夏豔槿就隨他去了。

「余書，你怎麼在這兒？」

夏豔槿順著聲音看去，發現是一名孕婦。

「澄澄、蕭凱。」余書語氣歡快，「你們怎麼在這裡？澄澄肚子都這麼大了，可以出門嗎？」

「到外頭走走，運動運動也好。」蕭凱扶著名喚澄澄的女人，溫聲說。

邱澄怡的目光看向夏豔槿，「余書，你不幫我們介紹一下嗎？」

「噢，這是夏家千金，夏豔槿，我的朋友。」余書伸手把她拉到他們面前，「青春無敵的高三生。」

蕭凱看了她一眼，有點遲疑的問：「成年了嗎？」

余書哈哈大笑，「這是什麼猥瑣的問題？只是我的朋友，是不是成年不重要。」

蕭凱哦了聲，別有深意的又睨了夏豔槿一眼，「夏家啊，不錯啊，這陣子滿好的。」

邱澄怡笑，「別這樣跟小朋友說話，好像我們眼裡只看得見她的背景。」

夏豔槿幾乎是第一眼就喜歡上這個溫婉的女人，比起陸晴的標致漂亮，邱澄怡的美是不動聲色的，溫潤如水。

「我可沒說什麼。」余書眉眼微彎，看了看邱澄怡隆起的肚子，「男生女生？」

「女生。」蕭凱答，又說：「奶奶可高興了，說蕭家總算出了一個女孩，以後可要好好的寵著。」

蕭凱跟余書聊了起來，邱澄怡走到夏豔槿身邊，看她一身樸素，又忍不住笑，「余書就是喜歡這樣的女生。」

「啊？」夏豔槿愣了愣，連連搖手，「不是，他現在跟陸晴在一起。」

「陸晴？他們不是……」邱澄怡還沒來得及說什麼，蕭凱已經走了過來，「在聊什麼？」

邱澄怡笑了一下，「你看豔槿，穿著樸素也很好看。」

蕭凱端詳她的裝扮，淡淡的說：「哪有什麼比年輕更好看的？」他扶著邱澄怡的腰，對余書說：「有空來我們家吃飯，奶奶好久沒看見你了。」

「好，有空就去。」余書對他揚了揚下顎，「你們有事就先走吧，我跟小槿還要再逛一下。」

送走了蕭凱跟邱澄怡，夏豔槿拉拉余書的衣袖，「我累了，休息一下。」

「好，那去美食街坐坐。」余書很有興致的拉著她到處跑。

「有沒有安靜一點的地方？」夏豔槿揉著額角，聲音有點虛弱。

她還想要問一下余書跟陸晴的事，美食街這麼多人，怎麼問？

「那……只好去辦公室了。」余書看她一臉倦容，眉宇間隱隱流露出一絲憂心，「妳身體不舒服嗎？」

「可能跟黃麗瑄吃飯，有點累了。」夏豔槿隨口說，「而且走這麼多路，我好渴。」

兩人搭乘員工專屬的電梯到了高樓層，余書熟門熟路的開了燈，帶著夏豔槿走進辦公室，「妳休息一下，今天沒祕書，我去弄杯水給妳。」

「好。」

這裡有一整片的落地窗，能俯瞰整座城市的景色。

剛剛邱澄怡想跟她說什麼？余書跟陸晴發生了什麼事情？

「晚上的夜景才好看。」余書的聲音從她身後傳來，他手上端著一個托盤，上面擺了兩個杯子跟一壺水，「妳要是有興趣，晚上再來。」

夏豔槿咕嚕嚕的喝完余書端給她的水，又伸手要了一杯。

「妳這麼渴，幹麼不早點說？」余書瞇著笑眼看她。

夏豔槿放下杯子，不回答反問：「你跟陸晴怎麼了？」

余書一愣，沒料到夏豔槿會在這時候問起這個問題。

他起身躲避夏豔槿追來的眼神，倚著落地窗，沉默一陣才開口，「沒什麼好說的。」

「怎麼會沒什麼好說的？看你這樣子就是有事。你們是吵架了？分手了？還是怎麼樣？」夏豔槿連珠砲似的逼問，「不是做夢也想再次跟陸晴在一起嗎？」

余書嘆了口長氣，臉上漾著無奈的笑容，「這就是『想像很豐滿，現實很骨感』的具體表現。」

「你不要扯開話題，誰管你的想像是不是36E啊！」

夏豔槿的話被一陣突如其來的手機鈴聲打斷，余書接了起來，說沒兩句，神情轉爲嚴肅。

「好，我們馬上過去。」他掛斷手機，回頭跟夏豔槿說：「陸晴出車禍了。」

「啊？」夏豔槿驚呼一聲。

兩人連忙拿起隨身包包，立刻走出辦公室，一路上誰也沒繼續方才的話題，氣氛凝重。

「陸晴是個很有魅力的女人。」在車上，余書忽然幽幽開口，「她知道很多事情，對生活也充滿想像，我們在南法的時候，她天天精力充沛的跟著酒莊的工作人員四處參觀。」

夏豔槿靜靜聆聽，看著余書把車子駛進醫院停車場。

「可是，大概她也覺得我變了，我們都覺得有些什麼已經回不去了。」余書熄了汽車引擎，「走吧，下車。」

夏豔槿能理解這種感覺，就像她跟黃麗瑄、李澤浩，不過才一段時間沒見面，卻有種強烈的陌生感隔開了彼此，怎麼樣都忽視不了。

他們並肩走進醫療大樓，在志工的引導下找到了陸晴的病房。

推門而入，吳聿暘已經守在一旁。

「你們來了。」他的音量極輕，「陸晴麻醉還沒退。」

「她還好嗎？」余書低聲問。陸晴住的是一般病房，應該不會有什麼大礙。

「除了右小腿骨折，其他都是一些擦傷，沒有生命危險。」吳聿暘淡淡陳述，好像在講午餐菜色般，沒有一點情緒起伏。

「那就好。」余書一頓，又問：「出車禍的原因是？」

「過馬路的時候被一部紅燈右轉又超速的機車撞了。」吳聿暘嘆了口氣，「陸晴一向愛漂亮，小腿平白挨了一刀，醒來不知道會多難過。」

「我以爲陸晴對什麼都看得很開。」夏豔槿小聲說，視線緩緩移向陸晴被繃帶層層包裹的腿部。

「她只是嘴上說得好聽而已，其實心裡什麼都放不下；看起來很有主見，不過是想掩飾心中的不安，所以才先聲奪人。她其實還像個小女孩一樣，需要別人時時保護。」談論起陸晴，吳聿暘面上的表情變得柔和。

夏豔槿忽然想起一句話：當你深愛一個人的時候，才會覺得那個人柔弱而且需要保護。

「你幹麼偷說我壞話……」陸晴睜開眼，晶瑩的淚水從明亮的眼瞳裡流出，她不知道醒來多久了，吳聿暘的那些話，她應該一字不漏的聽了進去。

吳聿暘臉上閃過錯愕，一直以來都沒什麼大表情的他……笑了。

陸晴哀號，「我的腳……好痛！」

她邊說邊哭，可是夏豔槿總有一種陸晴是藉此掩飾眞實心情的感覺。

吳聿暘著急的按下床頭的求助鈴，「怎麼會痛呢？麻藥應該還沒全退才對啊。」

不一會兒，陸晴的病床邊站了一圈醫生護士，夏豔槿跟余書只好先退到門外。

兩人沉默著。

余書嘆了口氣，「就像這樣，我覺得她不需要我。」

夏豔槿不知道該怎麼勸解。

其實需要與否，或者獨立與否，都是個人主觀吧？也許在這十幾年的光陰裡，他們都漸漸變成了彼此不需要的人。

「我們走吧，我送妳回去。」余書笑了笑，「明天我要出發去英國幾天，妳有沒有什麼想買的？」

「你又要出國啊？」夏豔槿有些不解，「不是才剛回來嗎？」

余書敲敲她的腦袋，「妳這是什麼表情？我是去工作。」

夏豔槿吐吐舌頭。她果然表現得很明顯嗎？

「我沒什麼想要的，你平安回來就好。」夏豔槿這麼說，兩人一邊聊一邊離開醫院。

見到陸晴，知道她沒事，余書跟夏豔槿都安心了，上車後，氣氛比來時輕鬆很多。

「餓嗎？去吃點東西再回家？」余書發動車子，轉頭問。

「好啊，我想吃生魚片。」夏豔槿也不客氣。

余書微微勾唇，「好。」

車子平穩的開上道路。

「我突然想到，你去英國的話，陸晴怎麼辦？」

「吳聿暘會好好照顧她的。」余書說得很簡單，「全世界都知道他還愛著陸晴。」

夏豔槿思忖了一下，「你沒關係嗎？」

「我有什麼關係？」余書笑著說，表情看不出是什麼心情，「這個世界上，任何人都是自由的。」

夏豔槿凝睇他帶笑的側臉，「你不愛陸晴嗎？那你剛剛緊張什麼？」

「妳還不是很擔心陸晴。」余書很有興致跟她鬥嘴，「難道妳也愛她啊？」

「也？」夏豔槿對他皺皺鼻子，口氣有些悶悶的，「你心裡到底怎麼想的，把我都弄糊塗了！」

「妳這麼在意我愛不愛陸晴幹麼？妳喜歡我啊？」

夏豔槿還沒反應過來，嘴上已經喊道：「對，要是你不喜歡陸晴，我就要追你了！」

余書一個緊急煞車，後頭立刻響起了震天的喇叭聲。

他神情認眞的看著夏豔槿，「別開這種玩笑。」

如果一開始夏豔槿還有一點後悔，聽見余書這句話，她就完全豁出去了。

「我沒有開玩笑。」夏豔槿堅定的注視他，像是想透過他的眼睛望進他心靈深處，「當我發現我喜歡你的時候，你更喜歡陸晴，我只能祝你幸福，可是現在你……」

余書轉回頭，車子又慢慢的往前行駛。

「妳別說話，讓我想一想。」

「不，我要說。」夏豔槿才不聽他的，「我知道我對你來說年紀很小，連高中都還沒畢業，也知道我什麼都不擅長，不聰明又不可愛。我不像陸晴那麼漂亮又有魅力，可是我會很努力，讓你跟我在一起的時候每天很開心。我不知道愛是什麼，可是我想跟你一起搞清楚到底什麼是愛。」

余書倏地轉動方向盤，將車子停在路邊，亮起了臨時停車的閃黃燈。

「妳不只什麼都不知道，連告白都挑了一個奇怪的時間。」余書似笑非笑的凝視她。

終究，余書沒回答她的問題，他什麼都沒說，吃完了飯直接送她回家。

臨走時，他叮嚀夏豔槿自己要出國一個月，又若無其事的摸摸她的頭，才開車回家。

夏豔槿送走余書之後，一個人懊惱的去洗澡了。

余書不喜歡陸晴有什麼用啊！

陸晴還是喜歡余書啊！

這樣跟之前的情況不是一模一樣……李澤浩不喜歡黃麗瑄，可是黃麗瑄還是喜歡李澤浩啊！

唉……她怎麼面對陸晴啊？而且陸晴對她又這麼好……

夏豔槿嘆了一大口氣，她是腦神經斷了，還是忽然發神經了啊！

明明說好不再提這件事，明明說好不再犯錯，偏偏她一點長進也沒有，還是對余書說了那麼一大段話，現在想起來，她只想揍死自己。

夏豔槿包起潮溼的頭髮，無力的坐在地板上，整理余書今天買的一堆東西。

標價早已被店員揭掉，夏豔槿只需要把東西一一歸位，放進該放的地方，但就算是這樣，也花了她一小時之久，全部處理完的時候，頭髮都已經八分乾了。

余書挑選的東西，每樣都是她喜歡的，尺碼也都是她的大小，而且從來沒問過她。

越整理夏豔槿就覺得自己說的那番話越蠢。

夏豔槿望著一地的包裝袋出神。

如果是別人對她這麼做，她肯定會覺得這個男人喜歡她。

但是余書從來沒有說過類似喜歡她的話。

聽說，男人如果喜歡一個人，就會飛也似的跑到那個人身邊，她見過余書飛也似的跑到陸晴身旁，卻沒見過他這樣對待自己。

夏豔槿苦笑，看來她也不需要爲了今天脫口而出的那番話想太多了，余書對她根本沒有意思。

她安下心，卻覺得更難過。

夏豔槿懶懶的吹乾頭髮，決定專心念書，其他什麼都不想管了。

*

出差前，余書的辦公桌上堆滿了文件，其實他還有許多待辦事項，但是他即將出國一個月，今天如果不去找夏豔槿解決這件事情，之後他人不在，天知道這傢伙又會惹出什麼事情，到時候就算他眞的想幫忙也鞭長莫及。

只是沒想到她會挑這個時間跟他告白。

余書驀地笑開，腦海浮現夏豔槿那張認眞的小臉，他就是忍不住想笑。

雖然不是第一次被女人告白，但還是第一次在車上、毫無氣氛的情況下被霸氣告白。

他壓著太陽穴，怎麼樣都克制不了笑意。

不知道爲什麼，他很期待啊，夏豔槿說要追他，怎麼追？

但是，就憑這小丫頭的個性，那告白很明顯是因爲衝動才說出口的，說不定回到家又後悔了。

不過現在這個時機點不太好，雖然他跟陸晴算是有共識了，但畢竟沒有面對面把話說清楚。還是等回國之後再說吧，到時他才有更完整的時間妥善處理，現在怎麼說都不是好時機。

夜色如墨，余書幫自己泡了杯咖啡。

他的心情很好，即使還有堆積如山的公事等著他，即使接下來一個月，他要處理的事情也不容易，心裡還是湧現一股雀躍。

＊

余書出國之後，夏豔槿找了個時間又去探望陸晴。

她的情況好多了，再過幾天就能出院，夏豔槿只是有點好奇，爲什麼吳聿暘會在陸晴的病房裡辦公？

「別管他，他說不放心，所以一定要在這裡處理公事。」

病房很大，吳聿暘在病房的一角擺了臺筆電，專心肅穆的神情，連一點點誤會他在玩樂的可能都不會產生。

「那妳還好嗎？」

「還好啊，除了走路不方便之外，其他都好得差不多了。」陸晴一邊吃著葡萄一邊說，「對了，余書出國了，妳知道嗎？」

提起這名字，夏豔槿有點心虛，面對陸晴，她總覺得自己像是做了什麼錯事。

「我知道，他跟我說過。」

「下次叫他帶妳一起去，英國最適合觀光了。」陸晴心情很好的說，「尤其這個時節，天氣正好。」

妳跟余書……

夏豔槿很想知道答案的問題，卻終究沒有問出口，只是隨口應了幾句。

這時，吳聿暘走了過來，「我出去買點東西，妳們需要什麼？」

「買點吃的、喝的吧！小槿來到現在都沒喝到一杯水呢。」陸晴笑咪咪的說。

吳聿暘伸手把她散落的髮絲攏到耳後，溫柔的視線讓夏豔槿在一旁看了都忍不住羨慕。

「果汁可以嗎？」吳聿暘問，又變回原本那張撲克臉。

「好，謝謝。」夏豔槿連忙回應。

嘖嘖，這麼冷淡，空氣都要結冰啦。

吳聿暘走出去之後，夏豔槿湊到陸晴面前，「你們到底是什麼情況？妳不說我還以爲你們根本沒離婚，看他對妳超級呵護的。」

陸晴偏著頭，「我也不知道，可能人在生病的時候就特別依賴別人，我覺得他在也很好，很安心。」

夏豔槿看著房門的方向，嘆了口氣，「我如果是吳聿暘，都要傷心死了。」

陸晴哈哈大笑，「妳今天怎麼這麼有戲？吳聿暘沒有我也過得很好，哪裡傷心了？」

「他對妳這麼好，也只有跟妳講話的時候才有這麼多表情，妳還這麼說。」夏豔槿誇張的搖頭，「沒有良心啊！」

不知道是哪句話戳中了陸晴的點，她忽然深思起來，「欸，小槿，我問妳，妳想要什麼樣的男朋友？」

夏豔槿嚥了口口水，把腦海裡那句「余書那樣的」給吞下去，想了想之後才說：「至少他要懂我，保護我，我需要他的時候他在，我不需要他的時候，他還是在。」

陸晴笑出聲，「妳都不需要他了，幹麼還要他在。」

「這樣我才能一回頭就找到他啊！」夏豔槿說得理所當然，「人本來就不會時時刻刻想膩在一起嘛……」

「有道理。」陸晴恍然大悟，「原來妳比我聰明多啦。」

「才不是，是因爲我比較單純。」夏豔槿說完，自己也笑起來，「每個人想要的不一樣，可能我沒談過幾次戀愛，所以不知道自己到底想要什麼吧。」

陸晴搖搖頭，「那倒未必，有些人天生就知道自己想要什麼，有些人要經過很多事情才知道。」

吳聿暘回來沒多久，醫院開放探病的時間也到了，夏豔槿跟他們告別後，離開了醫院。

最終，她還是不敢問，陸晴對余書是怎麼想的，幾次拿起手機想打電話給陸晴，但終究還是放棄了。

她沒有勇氣面對陸晴，也沒有勇氣再一次面對錯誤。

她好像一直學不到教訓，如果可以，她眞希望自己沒有喜歡上余書。

只是她對余書的告白說出口後，就像捅破了窗戶紙，她滿腦子都在想，余書此刻到底好不好？也有些疑惑，沒告白前，她怎麼能狠下心連訊息都不回？

要是現在她也能試著狠下心就好了。

上了自家司機的車，她盯著窗外發呆，還是忍不住拿出手機傳了訊息給余書，雖然只是簡單的問一句「順利嗎？」，已經讓她緊張到心臟狂跳。

她握著手機，呆呆望向窗外急速往後流逝的風景。

仔細想想，每一天不都是像這樣向後飛逝，然後消失嗎？

夏豔槿的思緒飄遠，手機猛然響了，嚇得她瞬間回神，以爲是余書，仔細一看，是一串沒見過的號碼。

「喂？您好。」

「妳好，請問妳是夏豔槿嗎？」對方是個女生，口氣輕輕柔柔的，夏豔槿卻覺得好像在哪裡聽過。

「對，我是，請問妳是哪位？」

「我是邱澄怡，澄澄，妳還有印象嗎？」對方試圖喚起她的記憶，「我們前幾天見過一面。」

「我知道，妳找我有事嗎？」

「明天是週六，不知道下午妳有沒有空？我想請妳喝下午茶。」

夏豔槿不明所以，又問：「我嗎？」

「是。」

她想了幾秒，實在不知道自己要跟對方聊些什麼，但她是余書的朋友，夏豔槿覺得，不管怎樣都不應該拒絕。

「好，那地址是？」

「我等一下傳簡訊給妳。」邱澄怡輕輕一笑，「不用緊張，只是閒話家常，我懷孕不好出門，又沒有什麼朋友，一個人悶在家裡有點無聊而已。」

夏豔槿應了聲嗯，又說：「那……明天見。」

「明天見。」

夏豔槿還有些回不了神，要不要先跟余書說一聲呢？

她滑開對話視窗，余書那頭還是未讀，大概很忙吧……

這麼一想，夏豔槿就打消了告訴余書的念頭。

她也不想讓余書覺得自己煩，這麼一點小事都要告訴他，好像她不能處理，不過就這樣空手赴約也不好吧？還是應該買點什麼當作禮物，只是她跟邱澄怡僅見過一次面，不知道她喜歡什麼。

安全起見，還是只能帶點蛋糕吧？

唉，余書怎麼會有這麼多前女友？而且每個都這麼有個人特色，她怎麼比得過？

夏豔槿一陣沮喪，很是苦惱。她這樣怎麼追余書啊……可是她又不想放棄。

黃麗瑄說過，爭取愛情並沒有什麼好後悔的，只要方式沒錯，不傷害別人的話，她也想要努力一次，不只因爲自己，也因爲那個人是余書，如果錯過了余書，她覺得這輩子都會後悔。

只是……爲什麼這個人的前女友都這麼白富美啊！這讓她怎麼努力？美不過人家、白不過人家，還富不過人家……眞正的輸在起跑點啊。

*

夏豔槿提著一盒水果布丁蛋糕，按照簡訊上的地址跟時間到了蕭宅，抵達時，門口已經有人在等著了。

當夏豔槿走進花園，簡直看傻了眼。

花團錦簇的玻璃溫室，在花園中擺了張小圓桌，桌上擺著壺熱茶跟幾碟小餅乾，聽見腳步聲，邱澄怡起身，對著夏豔槿淡淡一笑。

「妳來了。」她扶著腰，肚子大得讓夏豔槿忍不住屏住呼吸。

「因為不知道孕婦喜歡什麼，所以我帶了水果布丁蛋糕……」夏豔槿走上前，見到擺滿了食物的桌面，提著蛋糕的她頓時有點尷尬。

邱澄怡溫婉一笑，朝後頭招手，立即有人走上前接過夏豔槿手上的蛋糕盒子。

「切兩塊上來。」她吩咐。

「好的。」

那人退了下去，夏豔槿又顫顫的看著邱澄怡坐下才跟著坐，「預產期是什麼時候？」

「這兩個星期隨時都有可能。」邱澄怡心情很好，說起話來連聲音都蘊含淺淺笑意。

「喔……」夏豔槿不知道該接什麼話，事實上，她暗自想著：那她找自己來幹麼？會不會聊到一半就要生了？

「喝點茶吧，這是南非紅茶，沒有咖啡因的。」邱澄怡端起茶壺往她杯子裡注滿，「如果妳喜歡咖啡或其他的，等一下也可以讓他們送上來。」

邱澄怡說話的速度偏慢，聲音裡有一股慵懶的韻味，好像人就應該這麼慢慢的活著，別的什麼都不關她的事情。

夏豔槿喝了口茶，她是第一次喝南非紅茶，感覺頗爲順口，「這個就很好了，謝謝。」

兩人之間安靜了一會兒，邱澄怡先開口，「妳大概很好奇我怎麼突然找妳來，其實我是受人之託。」

「誰？余書啊？」

「當然。」邱澄怡微笑，「我之前欠他一個人情，所以才找妳來喝下午茶。」

「他拜託妳什麼事情啊？」夏豔槿實在困惑。

他不是好久沒跟邱澄怡聯絡了嗎？結果有事居然是找她幫忙，而不是找陸晴，這都什麼跟什麼？

他說過，爲了避嫌，他不會私下跟邱澄怡聯繫。

可是不得不承認，這讓她心情很好，彷彿自己在他心裡是很特別很特別的存在，足以讓他打破自我的約定

「他拜託我照顧妳啊，但我想我們只見過一次，妳要是眞的有什麼事情，才不會來找我，所以我只好主動找妳了。」邱澄怡推了一碟餅乾到她面前，「吃吃看，剛剛才買的，味道不錯。」

「我不會出什麼事的，我這陣子都在學校念書。」夏豔槿笑著挑了一塊餅乾咬一口，然後有些侷促的開口，「我能……問妳一些問題嗎？」

「有關於余書嗎？」邱澄怡溫柔的看著她。

「嗯。」夏豔槿抿抿嘴，「余書喜歡什麼樣的女孩子啊？」

眼前這個女人跟陸晴，個性就算不是天差地遠，也絕對不是同一類，這樣的分類歸納法實在很難有效運用。

但是她又不能問陸晴，所以這個問題只能拿來問邱澄怡了。

乍聽這疑問，邱澄怡有些錯愕，而後笑起來，「妳這個類型的。」

「啊？我？」夏豔槿一臉意外的指著自己，「可是……」

邱澄怡抬起手，打斷夏豔槿的話，「妳別看余書像個花花公子，其實每一段感情他都很專情，分手之後也從來沒說過前女友半點壞話，他十分清楚自己在幹什麼，就算有時候會覺得困惑，但也很快就能找出答案。」

她頓了一頓，接著說：「或許陸晴的出現讓他迷惑過，可是他一定已經發現陸晴並不適合現在的他。」

「妳怎麼能這麼確定？」夏豔槿狐疑的望著面前的女人。

「否則他就不會拜託我照顧妳。」邱澄怡淺笑，「可能連他自己也沒注意到，其實他特別喜歡乾淨的女生，想法單純、有點柔弱，需要保護的那種。」

夏豔槿蹙著眉，「但是我怎麼也算不上柔弱吧……」

邱澄怡頷首，「每個人的定義都不一樣啊，余書其實就像個騎士，見到弱小就忍不住想伸出援手。陸晴很好，只是妳更適合余書。」

夏豔槿被這些話繞得頭暈乎乎的，「所以，我可以追他，而且成功的機率很高？」

邱澄怡先是瞪大了眼，而後掩嘴大笑，「我這輩子第一次親耳聽到有女生說要追余書，哈哈哈！」

她笑個不停，弄得夏豔槿有些手足無措，「我是認真的，余書對我很好，可是我好像一點都不了解他喜歡什麼、討厭什麼，妳能不能告訴我？」

「可以，當然可以。」邱澄怡拿起面紙擦了擦嘴巴，總算止住了笑意，「我非常願意幫妳。」

終曲

面對愛，除了珍惜，我們別無他法。

余書回國之前，邱澄怡就已經生了，是一個天秤座的小女孩。

她坐月子期間，夏豔槿去探望過幾次，不過爲了讓邱澄怡多休息，都是說沒幾句話就告辭。

這期間，陸晴也已經出院了，夏豔槿趁著假日去看她，吳聿暘也總是在店裡。

雖然她不清楚他們有沒有進展，可是兩人之間常散發出難以言喻的粉紅泡泡氛圍，她都覺得自己快要受不了攻擊了。

那天跟邱澄怡聊了一下午，她增加了不少自信心，至少，她不是完全沒希望，光是這樣就值得努力。

但是余書在國外，她就算想做點什麼也沒辦法，只能一天到晚傳照片給余書，沒話找話聊。

終於捱到余書回國那一天，夏豔槿特地請了假到機場去接機。

剛下飛機的余書臉上有著掩不住的疲憊，但見到夏豔槿，還是給了她一個擁抱。

「見到妳眞好。」他輕嘆了口氣。

夏豔槿拍拍他的背，「不順利嗎？」

「很順利，所以比預定早了一星期回來。」余書仍然抱著她，「只是大概老了，總覺得還是待在國內習慣。」

「那我們早點回家吧。」夏豔槿紅著臉讓余書摟著，然後有些害臊的回抱住他的腰，小聲的說：「這……這裡人很多欸。」

余書笑出聲，總算放開了夏豔槿：「走吧，吃飯去。」

「這幾個星期過得如何？」余書邊大啖牛肉麵，邊詢問她的近況。

「很好啊，除了澄澄生了baby嚇我一跳之外，其他的事情都很好。」

「澄澄生了跟妳有什麼關係？」余書不解。

「那天我才跟她吃完下午茶，隔天就聽說她生了，嚇死我了……」夏豔槿回想受驚嚇的那天，眼眸微微睜大，「好在蕭家什麼都有，寶寶也平安出生。」

「妳喜歡那樣的生活嗎？」余書問。

他當然負擔得起像他們那樣富裕的生活，只是如果夏豔槿不喜歡，再好也是枉然。

「不知道耶。」夏豔槿用食指摳摳臉，「我現在最重要的應該是考上大學才對。」

余書回以笑臉，同意她的說法，「這倒是眞的。想好要考什麼學校了嗎？妳的成績滿好的，國立前段的大學應該都有希望。」

「還沒有認眞想過，不過我想去念心理系。」

「怎麼換志願了，本來不是傳播相關系所嗎？」余書沒有忘記，當初還因此惹出了一大堆事件。

夏豔槿輕咬筷子尖端，「是啊，不過去年發生好多事情，我突然很想知道人類怎麼會這樣……」

余書噗一聲笑出來，邊笑邊點頭，「也不錯啊，雖然是出乎意料的答案，不過我支持妳的決定。」

「欸，如果以後我不在台北念書，怎麼辦？」夏豔槿有點擔心，「那我們就……」

夏豔槿沒把話說完，其實他們現在根本什麼都不是，就算遠距離又怎樣。

余書當然知道她想說什麼，只是他心裡另有盤算，只對夏豔槿勾了勾脣，不輕不重的說：「所以妳要努力留下來啊。」

夏豔槿看著他不當一回事的臉，暗暗嘆了口氣。

是不是只有她在乎啊？余書一點都不在意，多輕鬆啊。

這點小小插曲，很快就被夏豔槿拋到身後。

吃完了東西，余書本來還想去附近逛逛，或是跟夏豔槿一起看場電影，但連日的疲累全寫在臉上，夏豔槿連忙表示，不如一起回家看DVD。

回到余書的公寓，客廳裡的大片落地窗，面對著整個商圈的華燈，燦亮得宛如天上繁星。

余書把行李推進房裡，簡單的沖了個澡，換上一身乾淨的休閒服，走出來時，夏豔槿坐在落地窗前的躺椅上，懶懶的回眸看了他一眼。

余書走了過去，大掌輕輕覆蓋在她的眼睛上。

「小丫頭，別這樣看人。」太過嫵媚跟誘惑。

夏豔槿坐正，左右轉頭才甩開余書的手，「不然要怎麼看，我就是看你一眼而……」她的下半句，落在余書的脣舌之間。

夏豔槿愣然的盯著白淨的天花板。

現在……是不是應該把眼睛閉上啊？

她才這麼想，余書的氣息已經離開了她的脣。

「我好想妳。」余書把頭埋進她的肩窩。

夏豔槿的腦子瞬間糊成一團，不是說好她要追他嗎？怎麼忽然進展成這樣？

「妳都不想我？」余書坐正身子，用深如海洋的眼瞳瞅著她。

「想……」夏豔槿覺得臉頰和耳朵都在發燙，「可是……」

余書微笑，從口袋裡掏出一個精巧的盒子，「禮物。」

夏豔槿打開盒子，裡面是條天使翅膀的項鍊。

「從我認識妳開始，妳就一直災難不斷，我想除了我之外，還需要一個天使來守護妳才行。」余書坐在一旁，雙肘撐在膝上，「雖然我很期待妳追我，可是，妳這麼不擅長處理愛情，我看還是我來好了。」

夏豔槿微張著嘴，聽得一愣一愣，「你的意思是……」

「我的意思是，我也喜歡妳，當我女朋友吧？」余書淺笑著問，「我會跟現在一樣，一直在妳身邊保護妳。」

夏豔槿喜形於色，但下一秒就面帶憂愁的問：「但……陸晴怎麼辦？我……這樣，對陸晴來說，是不是也算背叛？我其實很想打電話跟她說清楚，可是我……」

夏豔槿有點慚愧的低下頭，連嘆氣都不敢。

「不管是我跟陸晴的事情，還是跟妳的事情，我都已經簡單的向她提過，她也同意了，不過我想，我需要當面再跟她說一次。」余書拿起項鍊，「我幫妳戴上。」

「她不生氣嗎？簡單的提過是什麼意思？」夏豔槿有些緊張忐忑，不只因爲陸晴的事，還因爲余書的手指正輕柔的撫過她的頸邊，像是平靜的湖面投入了一顆石子，泛起陣陣令人發麻的漣漪。

「我們都是成年人了，她不會生氣。」余書看見夏豔槿發紅的耳珠，忍不住伸手捏了捏，「這麼害羞？」

他不說，夏豔槿還能假裝沒事，他一說，她整張臉都紅了。

「那……那你什麼時候要跟陸晴談？」她心臟亂跳，頭有點昏，「還是過一陣子吧？我總覺得這樣很對不起陸晴，或者……或者，我去向她道歉？」

夏豔槿悄悄的退了開來，余書怎麼可能沒留意到她的動作，但他沒有阻止，只是笑著看她。

有些事情總是要循序漸進的。

「妳去道歉不是更奇怪了嗎？」他坐回位子上，「過幾天吧，其實還有一些工作上的事情要處理，我這幾天還要忙，等我有空再找陸晴談。」

夏豔槿低下頭，抬手摸了摸頭上的飾品，「嗯……那你這樣算是劈腿嗎？」

「不算啦！」余書伸手敲了一下她的腦門，「我都說我跟陸晴提過了，已經有共識，只是我認爲這件事情還是愼重一點比較好，所以需要當面再談。」

夏豔槿摸摸頭上被敲痛的地方，整個人暈乎乎的，感覺有點如夢似幻，「所以……你現在是單身了？」

余書淺笑，「如果妳不當我女朋友，那我就是單身了。」

夏豔槿不可能不答應，但她也不想追問余書打算何時要跟陸晴談。

她心裡還是有點不安的，總覺得是自己搶走了余書，儘管余書要她不必介意。

夏豔槿選擇的方式是逃避這個話題，除非陸晴已經認眞的開始了另一段感情，否則她過不了自己那關。

「妳還在擔心陸晴啊？」余書倒了杯果汁給她，又把空調的溫度調低了一些，「她比妳厲害多了，尤其是談戀愛的手段，會撒嬌，又知道什麼時候該獨立自主，瀟灑得像一陣風，讓人捉摸不定。」

夏豔槿瞪他，「是喔是喔，陸晴這麼好，你去跟她在一起好啦。」

「口是心非。」余書大笑，把果汁塞進她手中，「沒辦法，我挑女人的眼光不好。」

夏豔槿氣得踢了他小腿一下，「那你滾好了。」

「可這是我家。」余書百般無辜的說。

夏豔槿默然。

她看著余書的臉好幾秒，忍著笑說：「總不能要我走吧。」

余書坐在一邊，面色溫和的欣賞她的笑臉，「就說妳捨不得離開我，離開我也不好，除了我，這世界上的男人都不是好東西。」

夏豔槿橫他一眼，然後才坐到他身邊去，「余書，我還是不懂，爲什麼你喜歡我？」

「妳知道這問題只會有一個答案嗎？」佳人投懷送抱，余書非常不客氣的就攬上她的腰。

「什麼答案？」

「除了我愛妳，沒有別的話好說了。」余書笑起來，像個溫雅的書生。

「所以你愛我嗎？」

「當然，不然妳跟我怎麼會坐在這裡？妳知道我還有像山一樣高的待辦事項嗎？」余書忍不住大笑，「妳現在有沒有一點點覺得，這個問題挺蠢的？」

夏豔槿重捶他一下，也跟著笑起來，「好啦，我就是蠢，反正再蠢也是你選的。」

余書用一種孺子可教的讚賞眼光看她，「沒錯，妳不相信自己，也應該相信我。」

「信你什麼？」夏豔槿努著嘴瞥他，「相信你這個情場老手，早就把各種女人的心思跟反應記在心裡，不管我怎麼說你都有招可出？」

「妳這麼說就太傷我的心了，不能因爲我比妳大上幾歲，就這樣排擠我的過去。」余書笑嘻嘻的化解了夏豔槿的諷刺，「我的過去再怎麼樣都是過去，至少妳擁有我的未來是不是？」

「說不定哪天又跑出個陸晴，那我怎麼辦？」

余書聳聳肩，「那妳就要讓自己變得更好，讓我捨不得離開妳啊。」

夏豔槿還想說話，余書的手機卻響了起來。

他心情很好的接起，與對方說了幾句後又切掉。

「蕭凱要幫他女兒辦滿月宴，希望我們下週四過去參加。」余書湊上夏豔槿耳邊，故意用很輕的氣音說：「明天我們去買禮物。」

「好，但是你靠這麼近幹麼？」她臉上泛起紅暈，伸手推了推他的胸口。

「偷襲妳啊。」

＊

他們一起到蕭家的時候，一片燈火通明，如果不是預先知道，夏豔槿還以爲是什麼大型宴會。

到場的人非富即貴，她還看到好幾個電視上的女明星，果眞漂亮得不得了。

「欸，我穿這樣沒有關係嗎？」夏豔槿低頭看著身上的制服，亂尷尬的，「還是我去找澄澄，看她有沒有衣服借我換一下……」

本來以爲只是家宴，余書跟蕭凱關係好，出席不算奇怪，所以她也沒特別準備衣服，哪知道根本是盛大的宴會，導致她像是誤入華麗舞會的灰姑娘。

夏豔槿站在入口處，躊躇不前。

「不用了，妳是學生，穿著制服有什麼不對？」余書笑咪咪的，「誰有意見就請他來找我。」

夏豔槿瞪他，「我覺得你等著看我好戲的表情實在太明顯了，收斂一點好嗎？」

余書笑著拍拍她的後腦勺，「變聰明了。」

夏豔槿用手肘撞了一下他的腰側，順勢把手勾上余書的肘彎，「走吧。」

兩人一起走進大廳，瞬間吸引了不少人的目光。

他們跟蕭凱夫婦見到面後，夏豔槿留下跟邱澄怡聊天，蕭凱則跟余書走到了另外一頭。

「妳看起來恢復得很好。」夏豔槿站在她身邊，除了體態仍略有些豐腴外，邱澄怡顯得光彩照人。

邱澄怡笑了下，「這個月的重心都放在雕塑身材上，要是還恢復不過來，我今天就不出席了。」

夏豔槿笑，女人終究還是很在乎外表的，尤其生了小孩之後，更希望自己跟往昔一樣明豔動人。

「妳今天很漂亮。」夏豔槿誠心的說。

「謝謝。」邱澄怡看了一眼余書，「你們在一起了吧？」

「嗯。」夏豔槿點頭，眉眼之間都是掩飾不了的喜色，「要謝謝妳。」

「我沒幫上什麼忙。」邱澄怡口氣溫柔，「不管想或不想，有緣自然會走到一起。」

這麼宿命的論點讓夏豔槿不置可否。

「不過，有件事還想告訴妳。」

「嗯？」夏豔槿把目光從會場中收回來，定在邱澄怡欲言又止的臉上，「什麼？」

「這話沒有別的意思，我只是想說，余書是個很紳士的人，他對女人很好，雖然有時候不懂得拒絕，但他其實沒想這麼多，就是喜歡幫助別人而已。」邱澄怡看著夏豔槿，「所以，如果以後你們遇到了問題，請妳對他有多一點信心，也給他解釋的機會，他不是會腳踏兩條船的人。」

夏豔槿有些不明所以，困惑的眼神讓邱澄怡淡淡一笑。

「我一直在想，要怎麼跟妳說，才不會讓妳想太多。」她低下頭，「其實也想過不要告訴妳好了，可是……我很希望妳跟余書好好在一起。」

「爲什麼是我？」

邱澄怡思索了一會兒，「因爲妳是第一個認眞說要追余書的人，這幾年，余書沒交往過幾個女朋友，蕭凱也說，余書已經漸漸把重心放在工作上。像他這麼好的人，我希望有一個很好的女生陪他。」

夏豔槿望著還在跟蕭凱聊天的余書背影。

「我會努力，好好珍惜他。」

余書在另外一邊，也回頭看了夏豔槿跟邱澄怡聊天的背影。

她穿著一身制服，在這樣的場合特別顯眼，所以不管走到哪裡，他都能看見她。

余書安下心來，繼續跟蕭凱討論經濟議題。

夏豔槿那頭因爲有人來找邱澄怡而暫時離開。

她胡亂逛了一圈，仗著沒有人認識她，吃了不少東西，奇怪的是，這個會場裡吃東西的人很少，她覺得好可惜，因爲這些餐點眞的很美味。

女生不想吃她能理解，穿著合身的絲緞禮服，吃得胃凸很難看，但男人不吃就太奇怪了吧？夏豔槿決定回頭問問余書這是什麼怪現象。

才剛放下盤子，就看見吳聿暘走到她身邊，跟她打了招呼。

「好久不見，最近好嗎？」吳聿暘說話的口氣依舊冷淡得像能刮出一層霜來。

幸好夏豔槿已經接觸過他幾次，所以不覺得他的口氣令人不悅。

「還不錯，你跟陸晴好嗎？」

「託妳的福，比想像中更好。」他說這句話的時候，臉上有微不足見的笑意。

「你們復合了嗎？」夏豔槿忍不住想確認。

「還沒。」吳聿暘答，又道：「只要陸晴開心，在不在一起都無所謂。」

夏豔槿眨了好幾下眼睛，「就算她跟別人在一起？」

吳聿暘推了推眼鏡，看著她，「當然不可能，如果她不跟我在一起，那也不能跟其他人在一起。」

夏豔槿差點脫口說出「變態」兩個字。

吳聿暘卻忽然笑了，「當然是開玩笑的，只要陸晴開心，她想跟誰在一起都好。」

夏豔槿無法判斷他到底是不是在說玩笑話……吳聿暘的臉看起來沒有半點打趣的樣子。

兩個人站在一起有些尷尬，吳聿暘又很難聊，夏豔槿正想默默開溜，他又開口問：「余書到底有什麼地方好，爲什麼妳們都喜歡他？」

夏豔槿停下動作，望著認眞發問的吳聿暘。

「你想學他嗎？」

吳聿暘一直沒什麼表情的臉，忽然露出一絲錯愕，「怎麼可能？妳在開玩笑嗎？」

「喔……原來不是。」夏豔槿放下心，喃喃道：「你要是想學他，我就要嚇死了。」

吳聿暘大概也察覺自己問了一個很怪的問題，「算了，妳不想說就算了。」

「我沒說我不想回答啊！」夏豔槿拉住他的衣角，「你問得這麼突然，至少要給我一點時間思考。」

他回頭看了看她，沒搭腔，卻也沒走。

「余書……就像騎士一樣吧。在我最需要他的時候，他總能及時出現；對待我永遠都像保護珍貴的東西那般呵護；不管對誰都是斯文有禮。還有，當我失去自信時，是他堅定的告訴我，我在他心中有多麼獨一無二。」

吳聿暘撇撇嘴，「他可是一個花心騎士。」

「是，我知道。」夏豔槿承認，「我也沒有把握可以跟他在一起一輩子，但他就是有這種魅力，讓人覺得，就算只能擁有這個男人一陣子也好。」

吳聿暘注視著夏豔槿好一會兒。

「我們不是同路人。」吳聿暘頓了頓，然後語調堅定的說：「我要，就要一輩子。」

你還說只是開玩笑！你分明就是想綁死陸晴一輩子！

吳聿暘看懂了夏豔槿的心聲，他推了推眼鏡，不疾不徐的開口，「我從來都不覺得愛是充滿自由的。對我來說，想要獨占某些事情就是愛的開始；想要獨占一個人，就是愛情的開始，沒有任何意外。那些故作大方的人，最後只會苦了自己。」

「要是那個人不喜歡你呢？」

「那就想辦法讓她喜歡。」吳聿暘口氣平淡，語氣中卻有著無比的自信，彷彿在說飲料太甜就少放點糖。愛情真的是付出就能得到回報嗎？

「你現在打算怎麼辦？」

「現在？」吳聿暘微微彎起唇角，「我生命裡唯一的例外就是陸晴。但我知道，陸晴最後會回到我身邊，只是時間問題而已。」

夏豔槿不知道該發表什麼意見。

說他太有自信？可是她也覺得陸晴會回到他身邊。

說她實在不同意這樣的感情理念，但又不得不承認，愛情的某部分確實是自私獨占，死都不想分享給任何人。

「那，祝你順利。」夏豔槿乾乾的笑了兩聲。

「妳要好好的跟余書在一起，如果需要任何幫助都可以找我。」吳聿暘直直看進夏豔槿的眼裡，「這樣我的計畫才會順利。」

他絕對是認眞的！

夏豔槿不自在的摸了摸臉，「好，我……會努力。」

她眞是巴不得下一秒就投奔到余書懷裡，也好過在這裡跟這個人說話！果然話不投機半句多。

「呃，沒事的話，我先走了。」

「妳要找余書的話，他在左邊的露天陽臺。」吳聿暘指了指方向。

「喔……謝謝。」

夏豔槿落荒而逃，穿過人潮，走到吳聿暘說的那個陽臺，卻沒見到半個人。

她走了出去，抬頭仰望秋天的星空。

忽然，耳邊傳來了唧唧咕咕、不甚清晰的對話聲。

夏豔槿覺得聲音有些耳熟，就循聲找了過去。

沒想到看見了余書跟陸晴，他們站在陽臺另外一頭，被盆栽擋著，所以她一開始才沒有注意到他們。

余書跟陸晴站得很近，近到她心中警鈴大作。

但她不想當一個潑婦，至少，不想衝上前去破口大罵，因爲他們什麼也沒做。

夏豔槿的心臟在胸腔裡猛力跳著，她略略靠近一點，想聽清楚他們在談什麼。

但下一秒，他們已經擁吻在一起。

她聽見陸晴說：「我愛你。」

瞬間，夏豔槿像被人兜頭淋下一盆冷水，感覺全身的血液都流到了不知名的地方。

剛剛她才說，就算只擁有余書一陣子也好，現在居然立刻應驗了。

余書攬著陸晴腰的模樣，看起來怎麼那麼賞心悅目，又那麼刺眼？

「夏豔槿，妳找到人了嗎？」

吳聿暘走到她身後，開口問了這句話，也順著她的目光看去，恰巧與回頭的余書、陸晴眼神交會。

夏豔槿望著余書，想說些什麼緩解氣氛，或是說謊騙自己什麼都沒有看見，但她任何事都做不了，連雙腿都像被死釘在地上。

余書大步走到她面前，「妳聽我解釋。」

夏豔槿仰頭看他，這才知道透過眼淚看人，原來人會變得支離破碎。

相較於夏豔槿的呆滯，吳聿暘的反應是比較冷靜的。

「我想你們可能需要解釋一下這是什麼情況。」他語調平靜，「不介意的話，我也想聽聽看。」

字面上說得客氣有禮，但吳聿暘看向余書的眼色，並沒有留下任何可以讓他們拒絕的空間。

當晚稍早，陸晴與吳聿暘抵達會場時，先見了主人打過招呼，然後她便撇下吳聿暘，自在的拿了杯酒，撐著拐杖踱到陽臺去。

這種場合陸晴以前參加過無數次，所以她並不感興趣，這次純粹是陪吳聿暘出席，否則這裡的人她一個都不認識，來了也是無趣。

「嘿，妳也來了？」

聽見聲音，陸晴回過頭，笑開了臉，「余書，好久不見，你最近不錯吧？」

「不錯，妳的腳好點了嗎？」余書首先關心她的傷勢，但她的腳藏在裙襬下，真的看不出個所以然，「怎麼沒跟吳聿暘在一起，妳一個人可以嗎？」

陸晴揚起美麗的唇瓣，側過身，秀出靠在陽臺欄杆上的拐杖，「我有這個呢。」

余書哭笑不得的看著她，「那也不能走太多路吧？怎麼不在家裡休息？」

陸晴聳聳肩，「吳聿暘非出席不可，你也知道蕭家多麼重要，他不來說不過去，所以我就跟著來了。」

余書當然明白。

就像這滿月酒，澄澄本來只想低調的辦，但蕭凱的第一個孩子怎麼可能低調。

所以他的確想看夏豔槿的好戲，才沒事先提醒她穿禮服。

但其實，他早已在後車廂備妥一套她的禮服，倘若真的不行就讓她換上，偏偏夏豔槿豁達，仗著年輕，穿制服也敢進場。

想到這裡，余書忍不住露出微笑。

「想什麼呢？」陸晴推推他，「對了，小槿呢？」

「在澄澄那裡。」余書一頓，又補充，「女主人那裡。」

陸晴點點頭，「我知道澄澄是誰，我剛剛見過她，她一定是個安靜的女人，說話那麼輕柔，像是連大聲一點都辦不到。」

余書同意，看著陸晴的臉，琢磨了幾秒，「其實，我一直想當面跟妳說聲抱歉。」

陸晴也看向他，心裡大概知道他要說些什麼了。

「是我不好，我沒想到，原來過了這麼多年，我們都變了，就算重逢也沒辦法繼續在一起。」余書一臉歉意，「但是一開始……」

陸晴抬手，打斷了他的話，「我明白，我也知道。我曾經跟小槿說過，也許長大的好處就是知道什麼是最適合自己的，就算一開始滿懷期待，但終究不是誰的問題，是我們都已經長大了。」

余書很感激的看著她的臉龐，「謝謝妳，沒有讓我後悔。」

「後悔什麼？」陸晴這就不明白他的意思了，「跟我交往嗎？」

「嗯。」余書見陸晴一秒變臉，就知道她誤會了，「我的意思是，謝謝妳不管是以前還是現在都這麼美好，讓我的初戀還像記憶中一樣美麗。」

陸晴笑著別過臉，有些傷感，但更多的是愉快。

「這些年，你的口才真的進步不少。」陸晴扯開話題，還是忍不住說：「我很慶幸能遇見你，不管是過去還是現在。」

余書凝視陸晴一會兒，走上前，抱了抱她，「是，謝謝妳來過我的生命中，也謝謝妳始終那樣美好，雖然我們無法在一起。」

陸晴在他懷中仰著臉，輕輕踮起腳，親了親他的脣畔。

「我愛你。」

黑夜，銀白色的光影從彎道上掠過，在山巔停了下來，刺耳的煞車聲同時劃破沉靜的夜色。

坐在車上的夏黝槿沒有說話，也沒有動作。

其實她相信這個解釋，也可以理解余書跟陸晴之間的那種感覺，但還是有一股氣憋在胸口。

余書望著夏黝槿的側臉，實在束手無策。

該說的都說了，該道歉的也道歉了，就連陸晴也出言解釋了，夏黝槿還是什麼表情都沒有。

說她在生氣，卻好像不是那麼回事，她沒動手，也沒動口，不哭不鬧，面色平靜得像剛剛不過是看了一場電影。

要是夏黝槿又哭又鬧，他還有點辦法，偏偏她沒有。

兩人僵持了好一會兒，余書無從下手，沒想到，夏豔槿突然推開車門走下車。

秋天的山上已經帶著寒意，風吹來，讓夏豔槿打了個哆嗦，本來有些昏聵的腦子也清楚起來。

余書是個很有魅力的男人，像這種事情，今天不是第一次，也肯定不會是最後一次，既然如此，她除了早點習慣之外，也不能忍一忍就算了，乾脆趁這個機會向余書說清楚。

她還沒回頭，余書已經把自己的西裝外套罩在她身上。

「生氣也不能拿健康開玩笑。」他的聲音低低的，語氣盡是無可奈何，「我跟陸晴眞的不可能復合，我們也就這樣了。」

夏豔槿偏過頭瞪他，「不可能？不可能你還讓她親你！那要是有可能，你們是不是連床都要滾一滾……」

余書用笑眼睨她，「我以前確實是這樣沒錯。」

「余書！」夏豔槿氣得猛搥他胸口，「那你去跟那些人在一起好了！」

「我既然在妳身邊，怎麼會跟其他人在一起？我最瞧不起劈腿的人了。」余書笑嘻嘻的捉著她的手，「對感情完全忠實可是我的原則，我保證，現在我的生命中就只有妳一個女人。」

夏豔槿咬牙，被他逗得又好氣又好笑，「那以後呢？」

余書痞痞的回答：「以後的事情我怎麼知道？搞不好是妳先拋棄我啊。」

夏豔槿噗哧失笑。

確實，以後的事情誰知道？第一次遇到余書的時候，她怎能預知自己日後會愛上這個人，跟他談戀愛？

夏豔槿同意的頷首，「這樣的話，我只有一個條件，我們都要對彼此誠實。」

余書專注的凝視她，靜靜等待她的下文。

「你還愛我的時候，就盡全力愛我，不愛我的時候，就直接跟我說，我會離開你。」

余書不知道該對她的這種反應說些什麼，只能繼續望著她。

夏豔槿卻誤會了他的沉默，又補充：「我也會這樣對你。」

余書吐出一口長氣，將夏豔槿擁入懷中，「我一直覺得愛情是世界上最脆弱的東西，我沒辦法對妳保證永遠，也沒辦法承諾一輩子，但在我做得到的時候，我會盡我所能讓妳快樂。」

夏豔槿聽著他沉穩的心跳，知道他說的是實話。

「我們要怎麼保護這麼脆弱的愛情？像黃麗瑄那樣想方設法，或者你跟陸晴這樣的久別重逢？又或是像吳聿暘那樣沉默守候？」

「在還擁有的時候盡力去做，在該放手的時候輕輕鬆手。」余書瀟灑的回答，「讓未來的自己，回想起來毫無後悔就好。」

夏豔槿退後一些，仰頭看著他，身旁忽然亮起了點點螢光。

「咦？螢火蟲？」她發出驚呼。

紛飛的螢火蟲沖淡了兩人之間的沉鬱氣氛，夏豔槿這才真正放鬆下來。

余書拉著她靠在汽車的引擎蓋上，「其實，所有美好的東西都是短暫的，就像螢火蟲，公的在交配之後一、二天就會死亡，母的可以撐到產完卵，但還是活不過一季。」

他停了一會兒，夏豔槿仍在思考他說的話，余書突然用雙掌包住了飛舞中的螢火蟲。

夏豔槿雀躍的跳起來，滿心期待的盯著他的手。

余書邊欣賞她的笑顏，邊緩緩打開雙手，忽明忽滅的螢光從縫隙鑽了出來。

他們相互依偎，看著那抹螢光朝草叢飛去，在其中隱隱明滅。

「面對愛，除了珍惜，我們別無他法。」

余書溫柔的聲音輕輕拂過她的耳畔。

夜風吹起，潛伏在黑夜裡的螢火蟲忽然全都飛了起來。

望著滿天星光與點點流螢相互輝映，夏豔槿不願再去多想，她只願自己不錯過這一瞬的炫爛。

全文完

後記　讓我們溫柔以待這個世界

嗨，大家好，我是煙波。（唉，有沒有人可以教我後記要怎麼起頭……我好像怎麼寫都是這幾句話啊……）

這次寫《盛夏花開》，沒有任何意外的，我就是想要ＹＹ余書而已。

這大叔在我寫《花季太晚》的時候，就覺得有點可惜，但是那個故事眞的插不進余書的故事，所以才又另起爐灶。

至於夏豔槿的設定，完全就是爲了要配給余書的，所以寫了一個軟妹紙。

但我沒想過的是，這個故事會寫到這麼長篇幅的高中生活。

大概有些人知道，其實我的國中生活過得並不好，我就是傳說中被霸凌的那個，因此過了很長一段很孤單的日子，就連上了高中，也一直沒辦法從那時的陰影裡走出來。

在寫這個故事大綱的時候，我就想把這段經驗寫進去。

那種傷心、失落跟寂寞，那種無法言喻的憂鬱，每天都覺得上課很痛苦，覺得如果可以眞想要放火燒學校（好孩子不要學）。

我把這些情緒都用夏豔槿的角色又重現了一次。

在那段時期，我很希望有個騎士能來拯救我，帶我離開那個環境，所以我讓余書去做了這件事，還好他眞的很愛當騎士，所以也不算委屈。

所以這個故事才會變成現在這樣。

我本來的設定本來是個大甜文啊……（遠目）

其實我只是想說，人生過得再不好、再寂寞，都沒有關係。只要持續前進就好，讓自己開心跟幸福，其實是自己的責任。

因爲現實生活中並沒有余書，我也從來沒有余書這樣的騎士，可我現在的日子簡直過得舒心快活到不行。

所以，不要害怕。

就算現在的人生過得很不好，相信我，未來也不會更好（負能量爆棚），每段歲月都會有不同的煩惱，所以，直面你的苦惱吧，就可以跟我一樣舒心快活喔!?

不知道看這個故事的你們，是黃麗瑄還是夏豔槿？

也許我還是想對自己已經逝去的青春做一些徒勞無功的事情，但我只是想說，其實我們都有選擇對這個世界更溫柔的機會。

當妳想要說誰壞話、想要傷害誰的時候，多想三秒鐘，你可以不一樣。

當然，如果有人欺負你，你也要成爲自己的騎士，因爲我們沒有余書，只能自己保護自己。

如果，你不是夏豔槿，也不是黃麗瑄，那就太好了！

即便我說得輕鬆，但那樣的人生我可不想再過一次。

最後，謝謝你們買了這本書，謝謝你們喜歡這個故事，我會繼續加油。
讓我們溫柔以待這個世界吧。

煙波　寫於桃月二十四日　府城家中

城邦原創 長期徵稿

題材

(1) 愛情：校園愛情、都會愛情、古代言情等，非羅曼史，八萬字以上，需完結。

(2) 奇幻/玄幻：八萬字以上，單本或系列作皆可；若是系列作，請至少完稿一集以上，並附上分集大綱。

如何投稿

電子檔格式投稿（請盡量選擇此形式投稿）

(1) 請寄至客服信箱service@popo.tw，信件標題寫明：【投稿城邦原創實體書出版／作品名稱／真實姓名】（例：投稿城邦原創實體書出版／愛情這件事／徐大仁）

(2) 稿件存成word檔，其他格式（網址連結、PDF檔、txt檔、直接貼文於信件中等）恕不受理；並請使用正確全形標點符號。

(3) 請附上真實姓名、性別、聯絡電話、email、POPO原創網會員帳號、作者簡介與出版經歷。

(4) 請加入POPO原創市集(www.popo.tw/index)申請成為作家會員，並將投稿作品公開放上該網站至少4萬字，若想全文公開也可以。

紙本投稿

(1) 投稿地址：10483台北市民生東路二段141號6樓
城邦原創實體出版部收

(2) 請以A4紙列印稿件，不收手寫稿件。

(3) 請附上真實姓名、性別、聯絡電話、email、POPO原創網會員帳號、作者簡介與出版經歷。

(4) 請自行留存底稿，恕不退稿。

(5) 請加入POPO原創市集(www.popo.tw/index)申請成為作家會員，並將投稿作品公開放上該網站至少4萬字，若想全文公開也可以。

審稿與回覆

(1) 收到稿件後，約需2-3個月審稿時間，請耐心等候通知。若通過審稿，編輯部將以email回覆並洽談合作事宜，如未過稿，恕不另行通知。

(2) 由於來稿眾多，若投稿未過，請恕無法一一說明原因或給予寫作建議。

(3) 若欲詢問審稿進度，請來信至投稿信箱，請勿透過電話、部落格、粉絲團詢問。

其他注意事項

(1) 請勿抄襲他人作品。

(2) 請確認投稿作品的實體與電子版權都在您的手上。

(3) 如果您的作品在敝公司的徵稿類型之外，仍然可以投稿，只是過稿機率相對較低。

國家圖書館出版品預行編目資料

盛夏花開／煙波著. -- 初版. -- 臺北市；城邦原創，2016.05
面；公分. --（戀小說；59）

ISBN 978-986-92937-4-7（平裝）

857.7 105007716

盛夏花開

作　　者／煙波
企畫選書／楊馥蔓
責任編輯／施怡年

行銷業務／林政杰
總 編 輯／楊馥蔓
總 經 理／伍文翠
發 行 人／何飛鵬
法律顧問／元禾法律事務所　王子文律師
出　　版／城邦原創股份有限公司
台北市中山區民生東路二段 141 號 6 樓
電話：(02) 2509-5506　傳眞：(02) 2500-1933
E-mail：service@popo.tw
發　　行／英屬蓋曼群島商家庭傳媒股份有限公司城邦分公司
聯絡地址：台北市中山區民生東路二段 141 號 11 樓
書虫客服服務專線：(02) 25007718・(02) 25007719
24小時傳眞服務：(02) 25001990・(02) 25001991
服務時間：週一至週五 09:30-12:00・13:30-17:00
郵撥帳號：19863813　戶名：書虫股份有限公司
讀者服務信箱 email：service@readingclub.com.tw
城邦讀書花園網址：www.cite.com.tw
香港發行所／城邦（香港）出版集團有限公司
地址：香港九龍九龍城土瓜灣道86號順聯工業大廈6樓A室
email：hkcite@biznetvigator.com
電話：(852) 25086231　傳眞：(852) 25789337
馬新發行所／城邦（馬新）出版集團 Cité(M)Sdn. Bhd.
41, Jalan Radin Anum, Bandar Baru Sri Petaling,
57000 Kuala Lumpur, Malaysia.
電話：(603) 90563833　傳眞：(603) 90576622
email:services@cite.my

封面設計／黃聖文
印　　刷／漾格科技股份有限公司
電腦排版／陳瑜安
經 銷 商／聯合發行股份有限公司
電話：(02)2917-8022　傳眞：(02)2911-0053

■ 2016 年 5 月初版
■ 2023 年 12 月初版 10.2 刷
Printed in Taiwan

定價／240元

ISBN 978-986-92937-4-7

城邦讀書花園
www.cite.com.tw

本書如有缺頁、倒裝，請來信至service@popo.tw，會有專人協助換書事宜，謝謝！